喜歡是深深的愛

阿亞梅——著

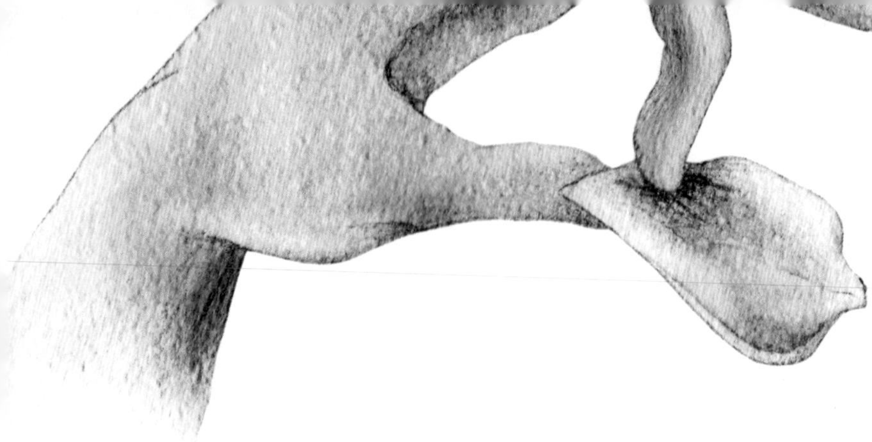

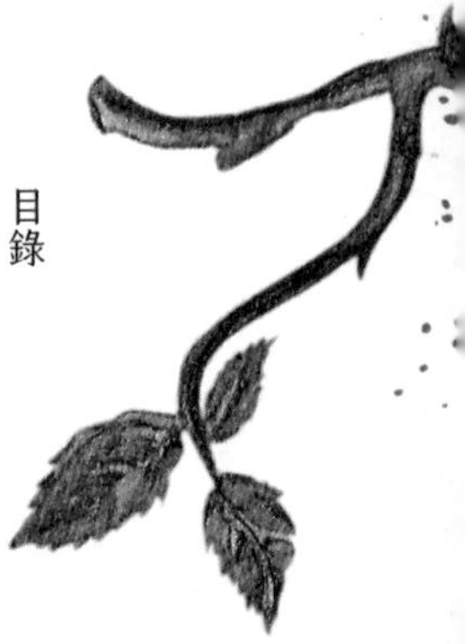

目錄

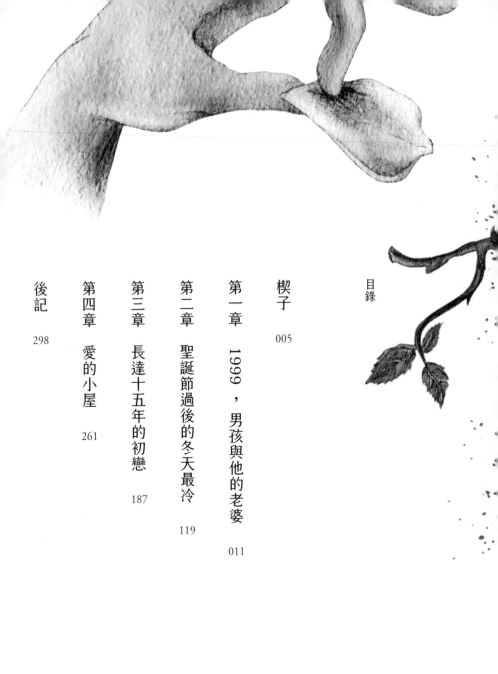

楔子

如何分辨眼前的是小孩或大人？看他下班後去哪裡。

會去網咖的是男孩，上酒吧的是男人。

若按照上述的定義作判別基準，那麼，在余家睿推門進入這間店的今晚，已經是他成為大人的第十年了。他不只常上酒吧，還懂得評判酒吧的裝潢，對啤酒精釀數值瞭若指掌，甚至會從酒保的談吐看出該店的品味高低。

余家睿打量著這間酒吧，裡頭的裝潢、椅具清一色以木質為基調，格外舒適溫暖。架上的基酒琳瑯滿目，有量販店的廉價品牌，也有他極少看見的稀有品牌。任何人走進來，都不會有一絲被冒犯或無法融入的不適感，確實是招待初次相見的客人最安全的選擇。

可惜他偏偏不好此道。

平心而論，他更喜歡那種髒髒亂亂、喇叭有點破音、酒客一喝多就會搞出是非、只採用隔天會讓他宿醉整天的劣質酒，卻能跟吧台聊得投機甚至要到一杯特調的小酒館。像這種太平靜的地方，boring。

「你平常喝什麼？這裡應該都有。」趙季威一笑，似乎對於自己的品味相當有自信：「我請客。」

「喝完這攤，如果我還是拒絕你們公司的offer，那你不是虧了？」余家睿打趣著，語氣好像他真沒打算去趙季威的公司報到。

「你是我同高中的學弟，今天是來慶祝我們有緣遇到，不要有壓力。再說，我對我們公司還有點信心，在我們和其他公司之間，你怎麼選我不擔心。」

言下之意，如果不到他們公司上班，他就會被趙季威視為空有美國常春藤名校文憑，骨子裡卻毫無sense的笨蛋。

指桑罵槐式句型，讓余家睿抓回了昔日的熟悉感。眼前西裝筆挺的男子，就是他印象中，那個當年在高中校園不可一世的趙季威。他總是一派輕盈、站在頂端、高高在上地俯視眾生，然而比起如何讓世界變得更好，他更關心如何讓自己爬上更高的位置。

趙季威點了十八年蘇格蘭單一麥芽威士忌，似乎又是一個彰顯自己品味的起手式；余家睿不甘示弱，點了一杯自訂配方的馬丁尼，還直接指定琴酒品牌。他覺得今晚這樣搞有點過頭，但在這世界上，連點杯酒喝都能激起他鬥志的對手，除了趙季威他想不到第二人，怎麼說氣勢也不能輸。

「我剛看你的履歷，你應該小我三屆，以前我在學校說不定見過你。」趙季威用領帶擦了擦鏡片，重新戴上。

何止見過，還結過梁子呢。余家睿暗忖。

當年趙季威的「那件事」在學校鬧得滿城風雨，看似神差鬼使，背地裡卻是他一手促成。導致他稍早走進辦公室，發現面試他的人就是趙季威時，一度冷汗直流、打算直接開溜，但趙季威卻只是盯著他履歷，驚喜地發現他們是同一間中學畢業的校友，接著就熱絡地聊起來，直到趙季威提議要請他喝一杯，他才鬆了口氣，確定自己脫離險境。

時隔多年，趙季威絕不可能將現在的他和那段陳年往事扣連在一起，這讓余家睿有一股做壞事沒受到懲罰的爽快。

「你以前在學校很有名，我常看見你在升旗時被表揚。」余家睿淡笑。

「哈，都幾百年前的事了。既然你認得我，剛才走進來面試怎麼沒叫我一聲學長？」

想得美。在余家睿的認知裡，學弟若開口認學長，就意味著要屈服於學長的威權之下。

「叫聲學長你就會錄取我嗎？」他半開玩笑回應。

「以你的經歷和背景，應該不是我要不要錄取你，是你要不要在我手下工作的問題。」趙季威巧妙地將話題導回今晚聚會的最終目的，他還是希望余家睿接受這個offer，畢竟同時具有法律背景和MBA學歷的人才，一般而言是不會回來台灣工作的。

余家睿沒有搭腔，他的視線已經飄到酒吧外，落在兩個滑手機的高中生身上。

趙季威順著他的視線望去，也看見了那兩個高中生，喝了口端上來的威士忌：「現在的小屁孩可真幸福，有智慧手機、還能隨時看YouTube……啊，不對，現在的小孩應該都玩IG了……」

「不對。」這是今晚，余家睿第一次反駁趙季威的論調。從屁孩臉上閃動的光影，以及他們戳擊螢幕的力道頻率看來，答案顯而易見：「他們在玩手遊。」

「也對。」趙季威附和著：「你記得以前學校側門那有家網咖嗎？我們班的幾個人，以前一下課就往那跑。」

「學長以前有玩什麼電動？」余家睿一樣目不轉睛：「還是你不打？」

「被猜到了。」趙季威苦笑：「那種東西不怎麼吸引我……總覺得，裡面的世界都是虛構的……怎麼說呢？有點無聊。」

世界是虛構，但遊戲中對戰的玩家可都是真人呢。

「這就是為什麼，你是學霸而我是學渣。」余家睿戲謔道。然而，當年的學霸現在卻得附和學渣的話題，真是風水輪流轉：「但你說得對，他們現在要玩什麼，只要拿出手機就能玩，我們以前的年代，只能去網咖、去電腦教室……畫質還比手遊差多了。」

「是不是有一種遊戲，沒音樂、沒圖像、所有的呈現都用文字？」趙季威緊皺眉頭努力回想，他討厭忘記答案的痛苦：「叫什麼來著……？」

「MUD？」余家睿微笑。

「噢對對對，Multi Users……」

「Multi-User Dimension*。」在趙季威還沒想出D的意涵的同時，余家睿已經熟悉地背出三個單字：「多重使用者空間。」

「你很熟啊？」

「不只熟，它對我很重要。甚至可以說它改變了我一生。」余家睿看著趙季威，意有所指地說。

＊Multi-User Dimension 多重使用者空間：為多人即時虛擬類遊戲，以文字描述為基礎。玩家通過輸入類似自然語言的指令與虛擬世界中的其他玩家、非玩家角色（NPC）互動。MUD為現代線上遊戲的始祖與雛形。

「我有個朋友以前很愛打，看過一次那種畫面。跟現在的遊戲比起來，實在有夠另類，好像有很小眾的族群非常著迷，聽說以前還有大學生玩到被二一呢。」

「別說大學生，我當年也迷到差點升不了高中呢！」余家睿終於收回了視線，對趙季威舉起酒杯，思緒卻已經回到十五年前，他揚起一道微笑：「學長，乾杯！」

第一章

1999，男孩與他的老婆

1

一九九九年夏天，余家睿還穿著海德中學的國中部制服，胸前的學號剛繡上第三條槓。不過，升上國三不是什麼令他興奮的事，比起來，他更希望淘汰掉這身粉紅色的襯衫，早日換上藍白相間的高中部男生制服——前提是，他得通過這個學期末的直升資格考，以他目前的成績來說，這不容易。

午休時間，教室外的走廊一片寂靜，籃球場上幾個頂著日頭打籃球的男生才剛被糾察隊抓包，不情願地走回教室午休。余家睿只覺得那些人很蠢，他的午休逃脫計畫更酷——他們在無人的電腦教室，敲著鍵盤奮戰、叫囂！

他自告奮勇當電腦小老師，就是為了拿到電腦教室的備份鑰匙，午休時間這裡沒大人，儼然就是免費包場的網咖，教官也不會巡邏到這裡，白痴才在午休打球！

「幹你很慢耶，我都在打獎金獵人了啦！快過來幫我！」余家睿吼著：「啊幹，我掉血了！」

「智障喔，你等級那麼低還solo獎金獵人，穩被秒殺的啊！」

「屁，系統說我跟他勢均力敵，裝備齊全應該可以打贏……」余家睿不甘示弱，他已經是個二十級的戰士了，怎麼說也有些戰鬥經驗，但他最討厭的就是這個系統根本不誠實，每次打量對手後，系統顯示為「勢均力敵」、「只比你弱一點點」的怪，他從來就沒贏過，眼看著現在，螢幕上又出現悲劇般的字樣。

獎金獵人高舉巨劍，朝你一劈，結果造成極其嚴重的傷害！

（你受了重傷，血流不止。）

「北七，系統描述是騙你送死的啦！」李致宇瞥了眼余家睿的畫面，翻翻白眼：「你先想辦法閃，我開牧師去幫你補血。」

余家睿看了此地的出口，按了E鍵。E在遊戲指令中意味著東方（east），這是一個只能靠鍵盤下指令操作的遊戲。

你試圖往東逃跑，卻被獎金獵人擋住。

余家睿一個緊張，趕緊再多按幾次E。

你往東逃跑了！

「跑了！」他才鬆一口氣，卻又看見畫面顯示。

獎金獵人憤怒地追了過來。

獎金獵人走了過來。

「幹，他追過來了啦，怎麼辦？」

「白痴，快斷線！」

「怎麼斷？」

「關視窗啦！」

余家睿正要關視窗，卻發現大勢已去，獎金獵人已經對他發動一連串的攻擊，這次可不是「極其嚴重的傷害」，而是「撕裂般的傷害」！

設計這個遊戲的人到底多機歪？明明所有內容都只是文字描述，卻能讓他氣得想折斷鍵盤！余家睿在心中忍不住怒吼，這時，螢幕上又跳出更殘酷的字樣：

（你已經奄奄一息了。）

你死了。

「幹！我死了～～～」余家睿忍不住哀嚎。

在這款遊戲中，只要玩家一死亡，就會進入十秒鐘的空檔，什麼指令也做不了，直到看見「慢慢地你又有了知覺」的字樣，接著就會發現自己置身於回遊戲的起點「冒險者之家」，身上的裝備和金錢會全數留在死亡現場的「屍體」中，這時，玩家得趕快衝回現場「撿屍」，避免有路人經過搶先拾走「遺產」；就算沒有程咬金，如果路途太遙遠、不小心花太多時間回到現場，屍體還有「腐爛」的風險。但這些都不算什麼，死亡造成玩家最大的困擾，還是戰鬥技能會下降百分之十。

為了把戰鬥技能升到目前的水準，他可是花了一整個星期，冒著被父母抓包的風險、半夜在家偷上網狂練功，現在這一死，一想到不知得再重練多久就崩潰……

早知道就別不自量力去單挑獎金獵人，他剛才到底在腦衝什麼？

余家睿正在死亡空檔懊惱萬分，卻發現螢幕上跳出與平常死亡完全不同的文字描述。

在一片黑暗深淵中，你聽到有人試圖呼喚你的名字……

有人試圖把你喚醒，你努力動了動手指，但還是閉起眼睛……

有人試圖把你喚醒，你努力動了動手指，但還是閉起眼睛……

「欸，這是什麼？怎麼以前都沒看過？」余家睿一愣，肘擊隔壁的李致宇。

李致宇湊過來一看，也差點跌破眼鏡，這遊戲他玩了三個月，還自以為自己已經無所不知，沒想到竟然有他沒見識過的場面：「幹，我也不知道這三小！」

「那現在怎麼辦？」余家睿傻眼，下了幾個指令也都毫無反應。

有人試圖把你喚醒，你感受到一股暖流包圍全身，一道光芒將你包住，直到你看不見任何東西……

你打了個呵欠，甦醒過來。

他發現自己回到原本的死亡現場，獎金獵人依然站在原地，但已不再對他進行攻擊，他查看全身，發現身上的裝備都還在身上，錢也沒少掉一毛，更令他驚奇的是，他的技能點數完全沒有下降！

「剛有人幫你復活，你賺到哩！」李致宇讀著余家睿視窗中的描述文字，立刻解讀出剛才究竟發生什麼事：「應該是牧師系轉職後的高等級玩家路過，好心幫你一把。我只有聽過沒真正看過，好酷喔！」

「那是誰幫我復活的？」資訊量太過龐大，余家睿頓時頭昏腦脹，只覺得該好好謝謝對方。

深深的愛喃喃唸道：親愛的月神，發揮你的力量，治療冰織月影吧……

一道白光包圍了你，你身上的傷口慢慢癒合了起來。

「應該是這個人吧，『深深的愛』。」李致宇指著螢幕上位在同一格的玩家，「人真好，復活完還幫你補血。」

余家睿受寵若驚，立刻在鍵盤上敲出他記得不多的社交指令。

你向深深的愛表達感謝。

深深的愛說道：小事。

余家睿順手查詢名叫「深深的愛」玩家的英文ＩＤ，發現對方是一名已經由牧師系轉職的人類女性祭司。

「是女的欸！」余家睿像發現了新大陸一樣。

「遊戲上的性別又不是真的，你看，我這隻帳號也是女的啊！」李致宇敲出指令，秀出螢幕上的資料給余家睿看。

「小嫻？」余家睿瞥了不到一秒，忍不住幹譙：「靠北，你幹麼玩女角，還取這種名字，很噁耶！」

「拜託，玩女角好處才多！我老公對我超好，每次要什麼裝備武器，只要跟他塞奶一下就會打給我。」當老公二字從李致宇的嘴裡說出時，他臉上充滿戲謔：「而且……他到現在還以為我現實中是女生，哈哈哈哈！」

「幹，下流！」

李致宇比余家睿早兩個月入坑，等級比他高、「社會經驗」也比他豐富，李致宇常對他炫耀自己在遊戲裡的所做所為，舉凡亂撿地上的無主物、對其他玩家辛辛苦苦打到快死的怪補刀、竊取玩家屍體中的財物，甚至惡意詐騙玩家的遊戲金幣……每項惡行都讓余家睿翻足了白眼，現在又多了一項，欺騙玩家的真感情。

「你不要唾棄我，社會很現實，會上來玩的大部分都嘛男生，你玩男角想找人幫忙根本不會有人理你。」

「你是說剛才那個救我的人，也可能是男的？」余家睿突然聽到心臟破裂的聲音。

「你不要多想了，我還有一隻女角，要不要跟我結婚？」

「呷咖賣，誰要跟你結婚啦！」余家睿簡直快把午餐吐出來，他強忍腸胃中的翻攪，想私訊問深深的愛究竟是男是女，卻忽然聽見電腦教室的門被打開。

「誰來了？」上一秒還在嬉皮笑臉的李致宇，這下嚇得冷汗直流。

「不會是教官吧？」余家睿心一慌，兩人越想越害怕。

只見來人快步走進電腦教室，將所有日光燈全數打開，燈光點亮了來人，余家睿看清楚了，一名穿著高中部制服、左手臂別著紅色袖套、拿著計分板的學長快步走向他們。

「還好，是糾察隊的，等下見機行事。」

糾察隊學長走到他們面前，家睿看見他胸前繡的名字——趙季威。這名字常常在升旗表揚時出現，也在每年的模範生選拔中出現，這還是第一次在搖滾區的距離見到本尊。

「你們是哪一班的？為什麼午休跑來電腦教室？」糾察隊學長單刀直入盤問。

「我們……來印報告。」余家睿早就想好應對說詞，他們玩的遊戲沒畫面、沒音效，所有遊戲過程皆以文字來呈現，看起來跟「電動」根本扯不上邊，就算被抓包，也不難唬弄過去：

「下午的歷史課要用。」

然而，糾察隊學長對這說法不怎麼買單：「磁碟片呢？」

「呃……」沒想到對方技高一籌，余家睿慌了手腳，望向李致宇想call out求救，李致宇更是一臉茫然，示意余家睿自己闖的禍自己收拾。

糾察隊一雙銳眼瞥了螢幕，注意到一行行不斷刷新的文字，一臉了然於心：「原來是在玩MUD啊？這種東西騙得了教官，騙不倒我。你們怎麼有鑰匙？」

余家睿和李致宇雙雙一驚，沒想到竟然會踢到鐵板！眼看紙包不住火，只能放棄掙扎，向糾察隊報出自己的班級姓名學號，乖乖交出鑰匙回教室睡午覺。然而，在登出MUD遊戲之前，余家睿已經背下了剛才救活他的玩家ID——Shanshan，深深的愛。

他才不信，會取這種名字的一定是正妹！

2

下午一點十五分，午休還沒結束，導師辦公室一角傳出窸窸窣窣的聲音。

「都是你啦！說什麼要把電腦教室當網咖包場，我就說一定會被發現的！」李致宇一邊振筆疾書，一邊埋怨。

「你是說會被教官發現，是糾察隊抓我們的好不好！」余家睿不以為意，按住李致宇準備要翻頁的手：「等一下，我還沒抄完……」

「幹你抄太慢了我才不要等你，等一下還要回去上課！」李致宇極不耐煩，丟了幾張測驗紙給余家睿：「拿去用啦。」

余家睿接過一看，上面全是鬼畫符：「靠北，字這麼醜誰看得懂啦！」

「喂，這裡是導師辦公室，你們放尊重一點好嗎？」老陶悠悠走過來，冷看著兩名侵佔他午睡時光的元凶：「連抄個聖經都可以吵架。還罵髒話？」

「老師，《馬太福音》這幾章字這麼多，真的要全抄完嗎？」余家睿一臉痛苦向老陶求情。

「你自己覺得呢？」老陶也覺得罰抄聖經很蠢，但誰叫海德中學是間私立教會學校，主張人本教育，每個小孩又都是家長心中的寶，別說是體罰了，連罰半蹲舉水桶這種懲罰，都有家長會拿驗傷單到學校威脅要提告，罰悔過書還得提防學生互抄，最後才發展出這一招。

與其千方百計激發學生的罪惡感，乾脆讓他們執行一件無聊到爆的事，至少現在余家睿的不耐煩，證明這種懲罰還是管用的。

「老師，可是聖經抄這麼多次，我也不會受洗信教啊！這沒有意義啊！」余家睿的詭辯總是讓老陶嘆息，明知道他會說這些都只是為了規避懲罰，但他的邏輯確實好到讓老陶懷疑人生。

明明邏輯這麼好，數學怎麼會每考必砸……

「你覺得自己現在還有討價還價的空間？」

余家睿沉默不語。這時身旁的李致宇，已經老老實實抄完《馬太福音》的罰寫範圍，他把測驗紙放在老陶桌上，對老陶行了個禮、準備開溜。

「要上課了，我拿回教室抄……」余家睿見共犯將失陪，藉機也想逃跑。

「李致宇，你先回教室。」

「老師，你不會不罰他了吧？我也沒有要受洗信教喔！」李致宇緊張了起來。

「我會罰他，不會讓你吃虧的，ＯＫ？」老陶強壓下想白眼的衝動。帶國中班狀況特別多，帶國中部資優班更複雜，家長刁、小孩又精，成天幻想老師對某學生差別待遇，一發現哪裡不對勁，先大聲喊冤準沒錯。

暑輔都還沒結束，他怎麼已經心很累了？

幸虧李致宇爽快接受說法，快步離去，反倒是被留下來的余家睿有點害怕，傻愣愣地看著老陶，小腦袋瓜臆測著老陶要跟他談啥。

「老師，那個電動是李致宇介紹我……」余家睿試圖替自己護航。

「李致宇的成績比你好很多。」老陶不想再被二度懷疑偏心，直接打斷了余家睿：「但你現在很危險，這學期的成績會決定你能不能直升，知道吧？」

成績爛是不爭的事實，余家睿只能還以尷尬的沉默。

老陶頓了頓，試圖切換青少年思維和他溝通：「你是因為不想留在海德，打算這學期直接放給它爛？還是遇到其他不開心的事？」

「我沒有不想直升。」余家睿的嗓音有些乾澀。

「但是讀書很無聊？」

余家睿有點訝異，老陶確實說中了他的心事。

「幹麼那麼震驚？老師也當過學生啊。」老陶聳聳肩：「我不想講什麼陳腔濫調，像你這個年紀，隨便都能找到比唸書更好玩的事情做，就像你中午去電腦教室玩的那個東西……不過，你不要太高估自己的智商。」

余家睿一愣，在資優班混了兩年，他最討厭聽到「你明明很聰明，為什麼不用功」這種話，彷彿他天生下來，理解數學公式就該跟呼吸一樣簡單，可事實不然。資優是一種標籤、是包袱，定義他不該遭遇失敗。老陶平時的確很少講這種話，但這樣蓄意貶低學生他是頭一次聽到。

「你覺得功課也不難，考前看一看應該就會寫，結果看了考卷發現自己不會。這不是高估智商是什麼？」老陶反問。

「我從來沒有高估自己智商。」但他的確也沒看低自己的本質。

「那就好，腳踏實地好好用功。」老陶吁出一口氣，想結束戰局：「回教室吧！」

「那聖經怎麼辦？我還沒抄完……」余家睿為難。

「……」老陶差點忘了，聖經被校方視為貴重物品，禁止學生私自攜回教室，這本聖經還是以他的名義出借的，他不能讓余家睿帶回教室：「你去路德堂抄完第一遍，剩下的自己處理。」

※

路德堂空無一人，前台上偌大的十字架高高懸著，一旁有座鋼琴，譜架上擺著聖歌樂譜。余家睿走過一排排的長椅，在自己平時每週主日崇拜會坐的位置入座。說到主日崇拜，這活動實在讓他又愛又恨，它的存在讓余家睿有機會每週一次合理翹掉早讀，但真的來參加了，又無聊到寧可在教室看書。特別是，那些唱詩班的歌聲都很難聽，導致他每次來崇拜，總在幻想自己衝到台上，大唱五月天的〈尬車〉。

算了，現在只有他一個人在教堂，還是不要有些褻瀆上帝的想法，儘管從他每次考試前禱告的績效看來，他不太相信祂存在。

余家睿摸摸鼻子，攤開聖經繼續抄起《馬太福音》，鋼琴聲竟在這時響起！他嚇得冷汗直流，難道上帝真的有聽到他在心裡罵祂？余家睿一陣毛骨悚然，但下一秒，卻發現這前奏旋律他再熟悉不過，而且他甚至能跟著一起唱。

「如果說你要離開我，請誠實點來告訴我……」

這不是……張震嶽的〈愛的初體驗〉嗎？

好的，他這下確定不是上帝顯靈。他轉頭望去，一名穿高中部制服的女孩正在彈琴，瀑布般的長髮微微遮住她側臉，若隱若現。女孩似乎很陶醉於自己彈奏的琴聲，完全沒有發現家睿在場。

學校明文規定，路德堂的鋼琴僅限於宗教活動使用，用它彈奏古典樂已經極不恰當了，彈流行樂就更大逆不道了。但這時的余家睿，內心一點也沒有想告發的念頭，而是燃起一股熱血沸騰的叛逆快感，他好奇地上前兩步，想再看清楚對方的長相，不料對方察覺了路德堂裡另有他人，琴聲嘎然而止。

「誰在那裡？」女孩的聲音有些緊張，她似乎也知道自己的行為不該被任何人目擊。

余家睿連忙躲到長椅下，不敢發出任何聲音。

女孩的腳步聲逐漸接近他，余家睿小心翼翼避開女孩的路徑，沒讓她發現，但女孩依然不死心，她繞著長椅檢查了好幾趟，似乎非得要找出一個所以然來。

「那個……我沒有要偷聽！」余家睿決定硬著頭皮出聲。

女孩急促的腳步循聲而來。

「不要過來！」余家睿緊張大喊。他是想看彈琴的女生長什麼樣，卻沒做好被對方看見的心理準備：「我現在馬上走。不過跟妳說，這時間教官隨時有可能過來巡邏……」

女孩沒說話，也沒聽見接近的腳步聲。

「誰在搞鬼？」教官急促的喊聲突然出現在路德堂外。

Shit！他是什麼樣的烏鴉嘴？說曹操曹操就到！余家睿一方面在內心咒罵，另一方面又擔心，那個彈琴的女生要是被教官給抓了，下場會不會更慘？現在兩人陷入僵局，他們不是雙雙落網，就是一人犧牲奉獻。

余家睿注意到自己手上的聖經和作業簿，發現自己有合情合理的「在場證明」……

大不了就是再抄一次聖經嘛！抄就抄！

余家睿深深吸了一口氣，他匆匆把聖經歸位，以最快的速度站起身、一臉從容就義的凜然往路德堂外衝去！

「教官好！」他笑咪咪跟教官打招呼。

「午休時間為什麼在路德堂閒晃？」

「報告教官，我被罰抄聖經，老師叫我來路德堂抄完、把聖經歸位才能回教室。」余家睿鎮定地答出預先在腦海中演練過的答案，隨手補上抄著經文的作業本：「這裡。」

教官只瞥了一眼，就將作業本遞還給余家睿：「只有你一個？」

「是的教官，只有我。」

「快點回教室！」

余家睿點點頭，將路德堂的門關起。關上門的瞬間，他努力往裡面瞅一眼，卻仍然什麼也沒看見。

雖然他沒看清楚對方的臉，不過唯一可以確定的是，那個女孩，和他在嚴肅死板的教堂裡，有著與他不謀而合的鬼點子。

3

「……欸李致宇，你有沒有在聽我講話？」

「沒有。」

放學後的網咖裡，余家睿和李致宇並肩坐著，對螢幕上黑色背景、不斷往上捲動的文字奮戰，他們一邊打著嘴炮。

「我說真的啦，我真的看到一個高中部的女生，用路德堂的鋼琴彈〈愛的初體驗〉！」

「你有沒有發燒？」李致宇煞有其事地用手探探余家睿的額溫：「學校規定路德堂的鋼琴只有崇拜的時候能用，被抓到偷彈一律記大過，這個國一剛進來教官每天都會講，哪可能有人唸到高中部還敢上去亂彈？」

「所以我才覺得超屌啊！竟然有人做了我一直想做的事！」余家睿忍不住回味起那幅魔幻的畫面：「要不是我不會彈鋼琴，早就衝上去做了！」

李致宇一個白眼，忍不住開噴：「余家睿，我拜託你不要亂出主意了！有也別找我摻一腳，我的手抄聖經抄到現在還在痠，你又不用補習，放學後趁你爸還沒回家上網練功就好了啊！幹麼一定要趁午休去電腦教室玩？」

「你以為我愛喔?還不是我爸把數據機藏起來!只有騙他說要做報告找資料他才讓我用。唉~自由的代價真大,不是花錢就是要被懲罰!」

「好啦,看你可憐。我再十分鐘就要去補習,在那之前帶你一下。」

「夠義氣!」余家睿眉開眼笑,正想告訴他自己練功的所在位置,但就在這時,他下意識地查詢線上好友名單,卻像發現新大陸亮起臉:「等下,她在線上欸!」

「誰啊?」

「深深的愛啊,就中午救活我的那個。」余家睿雙手飛快地在鍵盤上跳舞:「我問她個事情。」

「又來了……我要去補習了。」

「等一下是會死喔!」余家睿嗆完李致宇,繼續在MUD介面打字。

你告訴深深的愛:hi~

深深的愛回答你:?

你告訴深深的愛:妳中午有幫我復活,怎麼謝謝妳?

深深的愛回答你:不是已經謝過了?

余家睿一時之間不知該如何繼續這個話題,愣在螢幕前無所適從,一旁李致宇開始不耐煩：「你錢太多嗎？趕快認真練、好好轉職，不要把遊戲當聊天室啦！」
「你看她這樣回，我怎麼接？」余家睿指著螢幕：「不然你幫我回她。」
「那你一直找她講話到底想幹麼？」
「我……」余家睿語塞，他自己也不知道為什麼，就是一股莫名的吸引力，讓他想更認識這個玩家，也許是因為對方的暱稱，也許是因為對方曾經救過他。「我不知道。」
「白痴，我幫你啦！」李致宇搶過余家睿的鍵盤，熟練地輸入著玩家社交指令。
「你不要亂來喔……」余家睿原本不設防，看著李致宇輸入的英文字母，等他會意過來李致宇下了什麼指令時，驚慌得想阻止時，已經來不及了。
你拿著一束玫瑰花，在深深的愛面前下跪，大喊：請跟我結婚吧！
「幹，你不要幫我亂打啦！」
「幫你助攻，早死早超生！」李致宇譏笑。
還真的必死無疑，肯定被對方認為是變態！余家睿急忙搶回鍵盤，正想對深深解釋，深深卻回話了。
深深的愛回答你：你想以身相許道謝？
你告訴深深的愛：不想不要勉強！

深深的愛回答你：可以啊，只是我想知道為什麼？

你告訴深深的愛：我也不懂，是我同學跟我說結婚很好。

余家睿慌慌張張回完話，這才看清楚深深問題前面的另一句話——「可以啊」。

等下，她剛已經答應了？

深深的愛回答你：你知道教堂在哪裡吧？

Bingo！余家睿欣喜若狂，但深深還真是神通廣大，難道是他的ＩＤ看起來一臉還沒脫離新手村的菜雞樣？他連忙肘推李致宇：「欸李致宇，教堂怎麼走？」

「什麼？」原以為余家睿會成為炮灰的李致宇，這會兒也掉了下巴：「她答應了？」

「嘿嘿，厲害吧！」余家睿嘴角得意一揚，挑釁地對李致宇擠眉弄眼：「結婚指令怎麼下啊？」

「我就好人做到底吧！」

遊戲設定，結婚玩家角色必須為一男一女，並且藉由牧師系角色協助證婚，三名玩家同時在教堂、執行證婚宣示指令，系統設定無法離婚。李致宇說要開自己的牧師角色幫他們證婚，余家睿照李致宇所說的路徑來到教堂，深深的愛已經在那裡等他了，過沒多久，李致宇的小嫻也出現了。

小嫻走到教堂中央，看著冰織月影和深深的愛，開始進行證婚儀式。

小嫻問：冰織月影，你是否願意娶深深的愛為妻，無論生老病死、旦夕禍福，永遠陪伴在她身邊、至死不渝？

看見畫面跳出這段莊嚴的文字，余家睿的心臟忍不住撲通撲通跳了起來，他彷彿真的看見一座中世紀教堂，一個全身穿著鎧甲的戰士、站在一個身穿白色長袍的女子面前，隆重地對天宣示。

「發什麼呆？趕快 say yes 啦！我還要補習咧！」李致宇的聲音把他拉回現實。

冰織月影說：我願意。

小嫻問：深深的愛，你是否願意嫁給冰織月影，無論天災、無論 crash，一輩子彼此扶持、至死不渝？

「欸，牧師台詞會不一樣耶！哈哈哈哈哈！」余家睿又好像發現新大陸似的，驚奇不已。

「……你叫你老婆趕快 say yes，我補習要遲到了！」李致宇的理智簡直快要斷線，他長嘆一口氣，對眼前的幼幼班菜雞搖頭。該說是單純還是笨呢？

你告訴深深的愛：say yes。

深深的愛已經發呆了五分鐘，有事還是 mail 給她吧。

看著系統跳出這則訊息，余家睿傻眼了！

「這什麼意思？」

李致宇湊過來看了一眼，平靜無奇：「看起來人不在電腦前。」

「那怎麼辦？」哪有人結婚結到一半跑掉的？

「等她啊！還能怎麼辦？結婚這種事是你情我願，反正你們也才剛認識，這段時間多多互相了解一下，在遊戲中結婚是不能離婚的耶。」李致宇老氣橫秋地說：「像我跟我老公，認識一個多月才結……」

「都認識一個月了，他還不知道你是男的！了解個鬼！」余家睿沒好氣：「你不是要去補習了？這樣怎麼證啦？」

「你等她回來，再隨便找個牧師系的幫你證婚就好啦。」

「要是等下回來她不答應怎麼辦？」

「那還用說？就是你遜！」李致宇犀利地下完結論，準備登出遊戲畫面，卻發現MUD介面有了新發展。

小嫻大喊：在大地之神凱亞的見證下，我宣布布冰熾月影和深深的愛結為夫妻，永生廝守、至死不渝！

「她回魂了。」

余家睿一愣，轉頭看向螢幕。

你和深深的愛現在是夫妻了。

雖然只是系統設定的樣板內容，但看見這行敘述，余家睿心中忽然湧上一股濃烈的酸甜。他從未有過告白經驗，當然也不曾與任何人「交往」，今天卻在看似虛擬的網路上，對一名素未謀面的女孩，做出比交往更慎重的承諾——「結婚」。

他腦海中迸出最近在新聞上看過的一個字眼，忍不住自問：他跟深深這樣，算是……「網戀」嗎？

他動手查詢自己的玩家狀態，發現除了原有的描述，還多了一行字：

配偶：深深的愛（**Shanshan**）。

不對，他跟深深的關係是超越網戀的存在，他們已經結婚了，如果李致宇會叫他的配偶「老公」，那深深就是她的……

「老婆？」余家睿紅著臉說出這個稱謂，高興全都寫在臉上：「我有老婆了……」

這感覺太微妙了。

「是啊，恭喜，我得送禮金了。」李致宇嘆了口氣，在登出前動了動手指。

「什麼禮金？」余家睿一愣。

小嫻給深深的愛 20000 枚金幣。

小嫻說道：新婚愉快！

小嫻離開遊戲。

「證婚的牧師要給新人禮金，這是遊戲裡不成文的規定。你還真是什麼都不懂，就糊里糊塗地結婚了。」李致宇搖搖頭，背起書包準備離開，但看著余家睿一臉傻呆，還是決定給個忠告：「雖然不該這時候潑你冷水，但還是要警告你，不要陷得太深……」

「什麼意思？」

「如果，我是說如果。如果有一天你發現你老婆是男的，也不要太傷心，這裡面發生的所有事情，都只是遊戲。」李致宇意味深長地說完，走出了網咖。

「我才沒有陷得太深咧……」余家睿撇撇嘴，視線轉回遊戲畫面中。但，看著站在原地的深深的愛，他忽然又湧起不安——如果李致宇一語成讖呢？「我想請教你一個私人問題……你到底是男還是女？」

余家睿打完這個問題，卻遲遲不敢按下 Enter 鍵送出，他的手心冒著汗、全身顫抖不住，才剛結完婚就問這種問題真的很殺風景，蠢死了，他到底為什麼一開始沒衝腦不先問個清楚？但既然兩個人都結婚了，還有什麼不能問的？這件事不問清楚，今天晚上他一定會失眠到發瘋。

余家睿深深吸了口氣，終於按下 Enter 把問句送出。

對方不在線上。

等一下，剛結婚完就下線是怎樣？

4

「至高～讚美……超越言語、超過我心、所能～訴說……」晨光透過玻璃描繪出十字架的光影，唱詩班的歌聲繚繞在路德堂裡，才唱到副歌、歲月靜好之際，一道鼾聲劃破了教堂裡的和諧。余家睿被自己的打呼聲驚醒，還連帶被口水嗆到，一陣猛咳。

「欸，你要在崇拜睡覺也低調一點好不好！」身旁的李致宇也被鼾聲嚇得驚魂未定。

「沒辦法，這首歌太好睡了……」余家睿睡眼惺忪，他抹掉嘴角的口水，一轉頭，目光立刻對上宗教輔導老師，他擠出一道微笑裝沒事。

「還好我們坐在最後面，應該沒被聽到吧？」

「安啦！繼續背你的單字，就算被聽到也不會怎樣。」

唸教會學校的好處是宗教活動不少，每個星期三早晨，海德中學會舉辦國中部的宗教敬拜早會，讓有興趣認識上帝的學生自由參加。對余家睿來說，這是翹掉早自習的絕佳機會，他可以躲在最後排的長椅上補眠，還不會被老師罵。而李致宇有聽音樂才讀得下書的怪癖，偏偏學校將隨身聽視為違禁品，只好借助「上帝的力量」，兩人就這麼成為早自習開溜的黃金拍檔。

「你最近到底幾點睡？打呼這麼大聲。」

「沒辦法，我只有半夜才能上線練功啊！」余家睿又打了一道呵欠：「我還是覺得很奇怪，我老婆已經一整個禮拜沒上線了，我會不會被騙婚啊？」

李致宇翻了翻白眼，反問：「你錢有被偷嗎？」

「沒有。」

「她有要求你做什麼嗎？」

「沒有。」

「那你全身上下是有什麼好被騙的？」

「我的心啊。」余家睿說得理所當然，立刻接收到李致宇鄙夷的目光：「你不覺得很奇怪嗎？她一結完婚就立刻下線，然後就沒有再上來過了，那她幹麼跟我結婚？」

「阿災？可能不想讓你知道她是男的吧。」

「你以為每個人都跟你一樣喔？」余家睿眼睛發光，想像著那張未知的面孔：「我覺得，會取那種名字的人一定是女生！」

「深深的愛？我也可以創個角，取叫『淡淡的喜歡』啊！」李致宇嗤之以鼻。

「下流！」氣氛好好的，他為什麼就要出來搞破壞？余家睿白他一眼，繼續幻想著：「我們公會裡不是很多大學生嗎？欸，你覺得她會不會是大學生姊姊……」

余家睿正沉浸在小宇宙，卻聽到麥克風傳來宗教輔導老師的包容嗓音：「後排的同學請往前坐，多親近上帝一點嘛！」

就算是好脾氣的宗教輔導老師，也有一套治得住調皮學生的厚黑學，所謂能「親近上帝」的VIP座位區，就在舞台前第一排，方便老師就近看管。現在他們不僅要親近上帝、還要親近唱詩班，那歌聲和音準完全比不上代校出征的合唱團，回家後還會做三天惡夢……

「都你啦！」

「幹，又我！」

余家睿和李致宇只能恭敬不如從命，摸摸鼻子乖乖移動腳步往前排走去。

他們穿越長椅，經過鋼琴邊時，余家睿忍不住多瞥了司琴一眼，今天的司琴穿的怎麼是高中部的制服……是司琴換人了？他緩下腳步，仔細打量著那道背影，卻覺得這畫面有些眼熟——這身高、這髮型、彈鋼琴的姿勢和背影——余家睿努力比對著腦海中最近記下的某幅畫面，他很確定，相似度高於百分之九十……

「PS——」李致宇發現余家睿又出神了，發出微弱的噴射音將他拉回現實。

余家睿稍稍回過神，隨李致宇走到離鋼琴最近的前排長椅上入座，卻始終目不轉睛盯著司琴看。他這才看清楚了那道側臉，比他預想的還要清秀。

這時，唱詩班已將副歌完整唱了一輪，司琴以華麗的滑鍵伴奏升了key，準備再進一次副歌。余家睿盯著那雙充滿靈動的纖細手腕，更篤定自己剛才的直覺。

「欸。」他下意識開口。

「幹麼？」李致宇氣音回答，他只希望能平靜度過這個早晨，不要再發生任何事了。

「那個司琴，好像我上禮拜看到的學姊……」

「啊？」

「彈〈愛的初體驗〉的那個啦！」

「司琴不是只有受洗過的人能當嗎？哪有可能做這種事？」

「誰說不可能？受洗過就不能聽流行歌嗎？國外不是也有很多藝人信教，不然你覺得他們真的有守貞嗎？」余家睿不服氣：「先不說這個啦！你以前在學校有看過她嗎？」

「好像沒有。」李致宇也納悶了起來：「照理說，這種姿色我在學校看過一定不會忘記啊……」

余家睿忽然覺得苗頭不對，一轉頭，發現李致宇一雙眼直勾勾盯著司琴，他忍不住伸手將李致宇的頭轉回舞台正中央：「你不要一直看了，很像變態！」

「你還不是一樣？你看就不變態嗎？」

5

第四節的英文小考，余家睿拿了四十六分，全班最低，也是他入學以來的最低分。

但他一點也不在意，這禮拜他有更重要的事得先搞定。中午休息鐘一響，他連便當都不吃，立刻抓著他事先買好的麵包就往電腦教室衝。余家睿之所以這麼拚命練功，不單是因為他上癮，而是他想盡快在遊戲中「轉職」。

遊戲設定，玩家升到第二十五級時，就不能再往上升，必須透過轉職來進入遊戲的下一個階段。但系統又設定，玩家一旦轉職，等級會先下降個十級，原本穿在身上的裝備也會因此被迫卸除，所以，大多數玩家在轉職前都會預先累積數百萬至上千萬的經驗值，以應付轉職後的升等所需。

余家睿原本想慢慢累積，等第一次段考完再轉職。然而，當他認識深深的愛時，她早就已經轉職了，儘管後來他糊里糊塗對她「求婚」成功，但內心總有一股比不上她的羞恥感，余家睿希望自己能盡快變強、趕上她，當一個足以匹配她的「老公」。

但前提是，深深的愛到那個時候還會上線……

畢竟，自從上次兩人辦完婚禮後，深深的愛就再也沒上線了。余家睿一想到這，還是有點失落，他只能努力存經驗值、轉移注意力，畢竟轉職升等才是他一開始玩遊戲的初衷。

余家睿奔至電腦教室，連線登入遊戲中——

你的另一半也在線上，還不快去找她！

看見這行敘述，余家睿的心臟漏跳一拍。原來遊戲中已婚的玩家先後同時上線，會有這麼甜蜜的通知。他不禁好奇，那深深的愛應該也會接收到他上線的通知吧？

你牽起深深的愛的手，跳一支輕快的華爾茲。

遊戲裡有五十幾個社交表情指令，有分不同等級的喜怒哀樂，有屬於友誼的，也有較為親密的，好比親吻、熱吻、撫摸……有些玩家會在公用頻道利用這些表情相互示愛，而余家睿和深深的愛雖然是名義上的夫妻，但實際上他們根本沒說過幾次話，他不想表現得太油條，選擇了「跳舞」這個有點曖昧又不至於太冒犯的社交指令。

深深的愛很熱情地跟你打招呼。

沒想到，深深採用了更生疏的社交指令，也沒主動向他搭話。

「**好久不見～**」余家睿只好率先丟球：「**上次怎麼那麼快就下線了？**」

「**那時剛好要出門。**」

深深回完這句，又沒有然後了。

余家睿索性連功都不練了，繼續回訊發問：「**妳平常都這個時候上線嗎？**」

「**不一定。**」深深反問：「**怎麼了？要幫忙嗎？還是要帶你練功？**」

深深是牧師系職業，能替其他玩家施放一些輔助性的法術，增加戰鬥能力。但余家睿認為自己的等級比老婆低，已經夠丟臉了，更不可能請她幫助自己。

「**不用啦！我快轉職了，可以自己練。我只是想說，好像都還沒什麼機會跟妳聊天……**」

余家睿刻意用了女字旁的妳，想測試深深的反應：「**妳住哪裡啊？是學生嗎？**」

話送出了三分鐘，深深遲遲沒反應。

余家睿知道有時玩家處在戰鬥中，敘述一行接著一行跳，很容易錯過聊天訊息，但要是他再追問一次，又怕冒犯到深深。他只好摸摸鼻子乖乖練功，再多累積五十幾萬的經驗值就能轉職了，不知今天午休前能不能達標。

「**你現在有空嗎？**」第三隻怪打到奄奄一息時，深深忽然捎來這則訊息。

「**有啊！**」難得深深會主動找他，轉職存經驗值算什麼！

「**我想請你幫我一個忙。**」

深深說了一條比較複雜的路徑，要余家睿來跟她會合。余家睿立刻放了大絕，用最快的速度解決眼前的敵人，來到深深指定的地方。

這裡是私人住宅區，請勿任意接近。

余家睿是第一次來到這裡，畢竟在這個虛擬的世界裡，玩家操作的角色不需要像現實生活一樣睡覺或吃飯，所以他不明白這個世界為何要設立住宅區。

「**我們來這裡……要幹麼啊？**」余家睿一臉茫然。

「**買房子。**」

「**蛤？**」

深深解釋，所謂的「房子」就是遊戲裡名叫「愛的小屋」的空間，功能為儲物，可用來儲存平時用不到的武器或裝備，是只有已結婚的夫妻玩家才能享用的權益，夫妻可以共同分享這個空間，也能共享儲存在房子裡的物品。

「**上次結完婚我急著出門，忘記辦這件重要的事了。**」深深解釋：「**我剛一個人跑來這裡，他說要夫妻同時到場才能買。**」

看來，深深也有需要自己的時候嘛！余家睿竊喜，找回了一點當老公的尊嚴。不過下一秒，他又擔心起另一件事……

「**那買房子要多少錢……？**」

「**一百萬。**」

登愣！

余家睿查了自己的帳戶，身上所有的金幣加上銀行裡的存款，也才三十萬，連AA制都不夠……

「**我們，能不能改天再買啊？**」他有點卻步。

「**怎麼了？**」

「**我……沒那麼多錢。**」他羞恥極了，隨即又連忙澄清：「**不過妳不要擔心，我很快就能轉騎士，聽說賺錢很快……**」

「不用擔心，錢我出。」

深深立刻掏出一百萬枚金幣，付給站在住宅區大門口的NPC角色，NPC收完錢，余家睿發現自己被移轉到另一個空間——

愛的小屋。

小屋裡只有他和深深的愛。

你說道：房子買好了？

深深的愛點點頭。

余家睿深深吸了口氣，雖然只是遊戲，但讓深深付錢買房，總覺得就像帶妹子去高級餐廳約會，結帳時付不了錢，最後卻被對方請客的羞愧感……

「錢我之後會還妳……」他趕緊說，不想被認為是在吃軟飯。

「不用啦！」深深答得豪爽：「我放的東西不要亂拿就好。」

「好，我絕對不會拿。」余家睿認真承諾著。

深深的愛掩著嘴，對你吃吃地笑。

這是第一次，深深的愛主動對他做社交指令，他心中忽然湧起一股悸動，情不自禁地輸入一道他從未使用過的指令。

你在深深的愛的臉頰上輕輕一吻。

看見螢幕顯示出這行字，余家睿瞬間滿臉通紅，彷彿他真的吻了一個女孩的臉頰，儘管他從未對任何人有過這種想法，但當那個畫面在腦海中想像時，他竟然會有生理反應。

不過，另一個深藏在他心中許久的疑問將他拉回現實，他忍不住鼓起勇氣。

「**問一個問題喔～**」

「嗯？」

「**你是男生還是女生？**」

深深的愛沒有說話，也沒有使用點頭或搖頭的表情指令。

余家睿擔心自己太突兀，忍不住又多解釋了幾句。

「**我會問是因為，我同學都玩女角跟人結婚，還欺騙對方……我不希望這種事情發生在我們身上，如果你是男生也沒關係，但不要騙我。**」

「**我是女生。**」

Bingo！余家睿一陣狂喜，就說嘛，會取這麼可愛名字的玩家，怎麼可能會是臭男生嘛！

「**但是，我不會跟網路上認識的人談戀愛，也不會跟任何網友見面，OK？**」

深深回答得單刀直入，余家睿的笑容頓時僵住，果然，有平白得到的老婆，沒有不費吹灰之力就把得到的女友。

「嗯，知道了。」

他突然覺得自己根本不該問深深這個問題，他甚至覺得自己現在的失落極為愚蠢，是男是女又如何？他跟深深是網友，說不定一輩子都不會見面，這上面的每個人，不都像李致宇一樣只是逢場作戲？偶爾對另一半撒個嬌、把肉麻當有趣，當作苦悶生活中的調劑，難道他跟深深在遊戲中結婚了，就期待深深能跟他發展出什麼具體的關係？

姓名：冰織月影　性別：男

職業：戰士　配偶：深深的愛

等級：25　目前上線位址：163.117.8.2

他心煩意亂，查詢著自己的玩家檔案，「深深的愛」依然牢牢地坐落在配偶欄裡，只是，她冷淡的態度令他懷疑人生。

姓名：深深的愛　性別：女

職業：祭司　配偶：冰織月影

等級：35　目前上線位址：163.117.8.2

他也順手查詢了深深的玩家檔案，瞥見「配偶：冰織月影」字樣時，才有了幾分安全感。

既然李致宇說系統設定不能離婚，那是不是代表，他和深深之間永遠有一條親密的羈絆？

他胡思亂想著，卻發現深深的玩家檔案有些不對勁——等等，為什麼他們倆的IP位址會一模一樣？

一般來說，當電腦連接網路，電腦就會被分配一個IP位址，為了便於標識，每台電腦的IP位址通常是獨一無二的。他和深深素未謀面，怎麼可能會顯示來自同一組IP位址？

這時，午休的預備鐘響起，再過十分鐘就是正式的午休時間。

深深的愛說道：我差不多該走了。

深深的愛對你揮手道別。

余家睿一愣，怎麼這麼巧，午休預備鐘一打，深深就準備下線？

他沉吟半晌，突然靈光一閃，想起學校裡的每台電腦都採用同一條線路……霎時，他有個大膽的假設，深深跟他的IP來源一樣，會不會是因為——

「她也唸海德？」他一愣。

余家睿受寵若驚，他以為深深不是成熟知性的女大生，就是對網路較熟悉的資訊科五專生……怎麼就壓根沒想過她會跟他同校？

你說道：等一下，我還有問題要問妳！

深深的愛說道：？

余家睿並沒有再打出任何問題，他悄悄地站起身、環顧四周。

他很確定，另一間電腦教室今天沒有開放，而這間電腦教室裡共有四排、六十個座位，只有十個學生在用電腦，只要在這間教室裡走一圈，找到螢幕上有ＭＵＤ視窗的電腦，就能找出深深的愛本尊，破解這個世紀之謎了！

余家睿若無其事地在電腦教室裡閒晃，他先走向第一排，幾個國中部男生圍著螢幕傻笑著，余家睿掃了一眼，他們在上色情網站。

他走到第二排，幾個國中部女生坐成一排，有在玩小遊戲的、有劈哩啪啦練習英打的，也有正將男偶像照片抓到磁碟片裡珍藏的。

余家睿心煩意亂，目光掃向第三排。那排只有一名使用者，一個高中部的男生，螢幕顯示黑底綠字，是目前為止畫面最接近ＭＵＤ的……他忐忑不安，一邊祈禱著那個人千萬別是深深、一邊走上前，他抱著必死的決心深吸了口氣，定睛一瞧！

那人在上ＢＢＳ。介面長得很像ＭＵＤ，但使用方法完全不同。余家睿曾在網咖看隔壁的大學生用過，上面好像有很多冷笑話可以看，也能搭訕別人，他搞不懂這有什麼好玩的。

好險，那傢伙不是深深，他剛才差點嚇得漏尿。

只剩最後一排了。他走過去，發現第四排只坐了一個高中部的女生，一頭烏黑的長髮遮住她的側臉，只看得見她纖細的雙手。他也看不見她螢幕上有什麼，但她飛快在鍵盤上打字的頻率，像極了他打MUD時的樣子。

難道她就是深深？如果是的話，他該跟她相認嗎？他要怎麼開口？「請問妳是不是深深的愛？」這樣講會不會被當神經病……他胡思亂想著，一陣口乾舌燥，覺得整顆心臟好像快跳出來了，該死，為什麼從這個角度看螢幕會反光？「學弟，有什麼事嗎？」女孩率先發現了他注視的眼光，轉過頭來，一臉狐疑。

余家睿全身陡然一顫，不是因為對方發現了自己，而是他認得那女孩的臉——她是早上那個司琴，那個趁四下無人偷偷彈奏〈愛的初體驗〉的叛逆少女。同時，余家睿也看仔細了她的視窗，她不僅正在玩MUD，還站在「愛的小屋」和一個叫冰熾月影的玩家說話……

那個冰熾月影就是他本人，這百分之百意謂著，眼前的女孩就是……

「老……」

余家睿尾音的「婆」字還未落下，另一道耳熟的聲音已出現在身後：「怎麼又是你？還不回去午休！」

他旋頭望去，來人正是上禮拜把他逮個正著的糾察隊趙季威，現在只不過重返犯罪現場，怎麼這麼衰又碰上這傢伙？他就沒有其他地方要巡邏了嗎？

「現在還沒午休，我愛在哪裡是我的權利！」余家睿不甘示弱地回嘴。

「可以啊！只是提醒你，時間也差不多該走了，畢竟國中部那棟大樓離這裡最遠。」趙季威嘴角微揚，無框眼鏡為他的友善提醒增添一抹不友善的嘲諷。

余家睿不甘心地瞄了深深一眼，她似乎察覺到情況有些怪，但這些疑惑不解開，她也不會有任何遺憾。他只能回到自己使用的電腦前，退出遊戲。

視窗中，密密麻麻的字瞬間清空，他感覺像失去了魔法，此時此刻，他不再是穿鎧甲、拿長矛的英雄，他身上只有醜醜的國中部制服，面對高中部的魔王對手，不敢越級打怪，只能乖乖服從威權、走為上策。

離開電腦教室前，他瞥見趙季威和深深仍在談話，從趙季威柔和的臉部輪廓看來，他並不是在催促她回教室，反而像在說笑，而深深也同他熱絡交談著。他聽不見他們在聊什麼，午休的鐘聲響起，他們依然恍若未聞，彷彿置身於另一個世界。

而那個世界，沒有他。

6

放學時分，海德中學的校園門口已停靠著十台遊覽車，靜靜等待著放鳥出籠的學生。

這裡距離市區有五十分鐘，明星學校又有不少跨縣市就讀的孩子，所以大部分學生都是搭校車通勤。校車路線網絡四通八達，比當地的大眾運輸工具還便捷。

余家睿搭乘九號車，但今天他卻陪著李致宇走到三號車，不尋常的行徑當然其來有自。

「李致宇，你家的數據機能不能借我一個禮拜？」

「租金五千。」李致宇想都沒想，直接對余家睿伸手討錢。

余家睿一個白眼，對準朝向天空的掌心狠狠劈下一掌：「有五千的話我早就去買一台了，還要跟你借？」

「痛欸……」李致宇搓搓火辣辣的手掌，一頭霧水：「你到底要幹麼啦？」

「我爸把數據機藏起來了，我不能在家裡上網。」

「你不是都中午去電腦教室練功，放學還去網咖打？還沒轉職喔？」

「那不是重點啦，我有很重要的事要跟我老婆說！」

這是余家睿思考了一個下午所想出來的對策。雖然錯過了與深深相認的絕佳時機，但他可以退而求其次，先在網路上試探一下深深，確認她有沒有想見面的意願，再表明自己是同校學弟的身分，這可能是最得體的作法了。

但是，這項行動得在她有上線，糾察隊也不會來攪局的時間點完成。他的當務之急就是，先解決家裡不能上網的問題。

「老婆？余家睿，我有沒有跟你說過，玩遊戲最重要的就是練功！你跟我說練功不重要、老婆才重要？」李致宇一臉錯愕，他著實沒想到，會讓余家睿沉迷的關鍵點，竟然是遊戲裡的婚配制度讓他有戀愛感？現在他有點擔心，那個在遊戲裡每天喊他老婆、動不動就送錢給他花的苦主了：「我不是跟你說了？不要對網路上的人放太多感情……」

「她不是網路上的人！」余家睿憤憤地打斷他：「她跟我們同一間學校。」

「幹真假？」李致宇嚇得目瞪口呆：「誰啊？」

余家睿正要和盤托出，這時，一抹淡淡的茉莉花香味自他身後飄來，像爬山一樣越過了他的肩頭，又俐落地下坡。他直覺這味道有些熟悉，下一秒，那支綁得高高的黑馬尾出現在他身旁，快速地超越他。

是深深！他認出了那道背影，原本要衝口而出的話瞬間打住。

「幹麼不說話？」李致宇疑惑。

「她跟你同車？」余家睿下巴都快掉到地上，驚訝地看著深深走到候車隊伍的最後面。

李致宇順著他目光瞥去，看見是早上崇拜的司琴：「對耶！以前沒注意到過，她怎麼了？」

「她就是深深。」

「她就是深深？」

「你小聲一點！」余家睿急忙捂住李致宇的嘴，機警地往後看，確認深深沒有聽到。

「我…不……能…呼……吸……了！」儘管李致宇快不能呼吸，但余家睿放開了後，他的第一句話仍是：「你說真的，她就是……你老婆？」

「對。」

李致宇終於真相大白，知道余家睿的執念為什麼如此重了，但這實在是太不真實：「可是，她一點都不像會玩電動的人……」

「我親眼看到的，是她沒錯。」

「那你幹麼還要跟我借數據機？你就直接走到她面前，親下去就好啦！」

「……你想死嗎？」他狠瞪李致宇一眼：「我就是怕直接找上門會嚇到她，想先在網路上跟她講一聲，這樣應該比較有禮貌吧？」

但李致宇早就懶得理會余家睿的一堆顧慮，他雙手圈在嘴邊，朝著隊伍最末端用氣音吶喊：「老婆～老婆～」

「不要亂喊！」余家睿再度摀住李致宇的嘴。

這時，司機坐上駕駛座、打開校車車門，排在隊伍前端的學生陸續上車。余家睿和李致宇也停下打鬧，跟著上車。

校車採自由入座制，校規也沒有規定男女一定得分開坐，但一般而言，若不是特別熟，或是只剩一個座位的情況，男女生不會同坐。余家睿挑了個靠窗的位置坐下，李致宇則在余家睿正後方的靠窗位入座。

余家睿打開車窗，看著車外陸續上車的學生，卻發現深深不在隊伍中，他一愣，想釐清這樁小小懸案時，後面的李致宇輕咳一聲，他才聞到一股茉莉清香飄到他的身邊，他轉頭一看，深深已經在他身旁的空位坐下。

他頓時方寸大亂，發現自己手心濕濕熱熱的。今天中午在電腦教室，她和他還保持著一段距離，現在卻肩並肩，感覺得到她呼吸的頻率。他壓低視線、不敢轉頭看她，只透過眼角餘光瞥見她將書包平放在自己的腿上，一雙纖纖細手擺在書包上，卻沒怎麼安分，她的右手食指動了兩下、很快中指也動了一下，余家睿會心一笑，原來她也有這些可愛的小習慣。但很快地，她十隻手指頭都動了起來，由保守到逐漸放肆，在書包上那小小的舞台上、跳著只有她才知道的舞。

但這一幕卻被佘家睿盡收眼底。他欣賞了好一會兒，突然一個靈光乍現，意會到她到底在做什麼——她在模擬彈鋼琴，彈著一首輕快的旋律。這個畫面讓他心跳加速。

校車「嘶」一聲關上車門，司機發動引擎，筆直地駛出校門口。引擎轟隆、轟隆，擠得像沙丁魚籠的狹小校車裡，漂浮著今天在學校發生的每一件新鮮事，數學老師今天攔截了某人的紙條、教官今天抓到誰蹺課、誰誰誰今天帶了違禁品來……那些不是他感興趣的。此時此刻，他卻只聽見自己胸腔內的心跳聲，以及，透過她的手指節奏、解讀出她正在彈奏的旋律。

那不是早上在崇拜時聽到的詩歌，那是一首流行歌，叫〈愛的初體驗〉。

7

在李致宇那兒拿到數據機後，佘家睿若無其事地把它偷渡回家。他將數據機裝上電腦、接好撥號用的電話線，按下連線。

數據機上的燈閃了幾下，發出「嘟嘟……吱吱……」的機械撥號聲，等待了一分鐘，螢幕上的瀏覽器得以運作，撥號成功了！

他滿心期待登入遊戲，卻沒跳出「你的另一半也在線上」的歡迎字樣。他大失所望，深深最後上線時間仍停留在今天中午。

他漫不經心地打怪練等，一邊尋思，深深不是回家了嗎？為什麼沒上來呢？也許是高中部的課業很重，也許她家管很嚴不讓她上來，又或者，她沒有遊戲成癮的問題，上線頻率就是幾天才一次……

李致宇的數據機在他手上，今天也不會上線。想到這，他突然覺得這遊戲沒那麼有趣了。

正當余家睿打算登出遊戲時，一行訊息就此跳出：

你的另一半也來了，你們還真是有默契呀～

是她！

余家睿眼睛一亮，火速地敲下他從未使用過的社交指令。

你輕輕在深深的愛臉頰上親了一下。

深深的愛很熱情地對你打招呼。

看見「熱情」這兩個字，余家睿並沒有比較高興，這是系統預設的內容，玩家在打招呼時，無法選擇比較熱情或比較不熱情的打招呼方式。事實就是，他想吻她，她卻不想回吻，她的態度沒有字面上寫的「熱情」。

深深的愛告訴你：你中午怎麼突然不見了？

你回答深深的愛：臨時有事被叫走，抱歉……^^||

深深的愛告訴你：沒關係，我那時也準備下線午休。你本來要跟我說什麼？

他沒想到，她還對這件事有點在意。只是，他該告訴她，今天他們差點在學校見面的事情嗎？她會不會把他當變態，以為他是跟蹤狂，如果她還記得今天放學時他們坐在一起，他就跳進黃河洗不清了！

你回答深深的愛：我忘了。

深深的愛告訴你：那我要下線囉，掰掰。

什麼？這麼快就要走了？李致宇才答應借他兩天數據機，他好不容易等到她上線，他不能把這個機會浪費了！

你告訴深深的愛：我想起來要問什麼了……妳是不是唸海德中學？

事態緊急，由不得他思考，就飛速送出這句話。

深深的愛指著你的臉，驚訝得張大嘴巴，一句話也說不出來。

「你怎麼知道？」深深反問。

「**我看到妳中午上線的IP跟我一樣。**」他據實以告，但省略了在電腦教室像巡邏隊一樣瘋狂尋找她的事。

應該不算騙她吧？

「**也太巧了吧？**」深深似乎很驚訝，發現電腦另一端的玩家不是陌生人後，話也變得多了：「**我中午在電腦教室上線啊！你也在嗎？**」

「**我不知道耶……該不會，中午我們有在電腦教室遇到吧？**」

很好，從現在開始就是欺騙了。

「**你在哪一班？自然組還是社會組？**」

她的提問已經預設他是高中部的學生，這讓余家睿有些難堪，好像不在高中部這個集合內的人，都不是她的關注範圍。他想隨口說出一個高中班級，但學校這麼小，除非他們永不相認，否則怎麼可能一直瞞到畢業？

「**國三甲。**」

「**是學弟啊？**」她語句中顯露出難得的俏皮：「**不過你在這間學校待得比我久，我才剛轉學來。**」

原來是轉學生，余家睿終於恍然大悟，為什麼她會空降司琴、為什麼以前從來沒在校園裡看過這張臉。還有最重要的一點，她才剛轉來，跟那個糾察隊一定也不是情侶關係，太好了！

「**那現在適應了嗎？**」他跟隨著她的話題。

「**還不太習慣，我連早餐要去哪吃都不知道，食堂賣的我也不喜歡。**」

「**側門口出去有一間很好吃的魯肉飯。**」

「**早餐吃魯肉飯？**」她似乎有點驚訝。

事實上在南部，把魯肉飯當早餐吃不算什麼新鮮事，特別是對於發育中的國高中生，這種高熱量早餐一點也不過分。有時候天氣太熱，余家睿還會吃涼麵充飢。

「**對啊，它早上六點就開了。**」余家睿鼓起勇氣：「**妳想吃的話，我明天幫妳買，再送去妳教室？**」

「**不用了，我不習慣早餐吃這個。**」

她給的軟釘子讓余家睿大失所望，他故作輕鬆地轉移話題：「**那妳平常有固定上線的時間嗎？**」

「**不一定。**」她說：「**禮拜一去學琴不會上，其他時間看狀況。**」

「**是喔，難怪妳會在崇拜當司琴。**」

「**你怎麼知道？**」

剉賽！他只顧著迎合她的話題，差點忘了自己該假裝沒見過深深，這下要露餡了。

「我亂猜的……我想說司琴是新來的，大概是轉學生。所以是妳嗎？」他急中生智，希望這是最後一個謊。

「嗯。」

他捏了把冷汗，話題終於被圓回來，他不用再玩我知道你卻假裝不知道你的謊言遊戲，而現在看起來，深深似乎也沒有被他的全知給嚇跑。

「那我知道妳是誰了。妳好厲害喔，從我國一進來到現在從沒換過司琴，妳一轉來就把她幹掉了。」

「沒有『幹掉』啦……我只是幫我同學代班。」

「是喔？可惜，我覺得妳彈得比她好耶。」

「你真的覺得我彈得好嗎？」

余家睿有些心虛。他沒學過鋼琴，頂多聽得出「彈錯了」，或者「好像哪裡怪怪的」，哪分得出琴藝技巧高下？他會認為深深彈得比較好，也只是基於「正妹有加分」的心態，沒想到深深竟對他的稱讚認真了起來。

「我也不知道，就，一種感覺吧……」與其不懂裝懂露餡出糗，他硬著頭皮，回了個虛無飄渺的答案。

「**但我媽不想讓我繼續彈琴了，她說會影響到功課。**」

「**那，妳要怎麼辦？**」

「**不知道，在學校找時間練吧！**」深深將話題焦點轉回余家睿身上：「**那你又是誰？我有看過你嗎？**」

「**可能有……吧？**」雖然他們稍早才並肩而坐，但他不敢說得太斬釘截鐵。

「**真的假的？你是誰？**」

他想到幾個深深見過自己的場景，猶豫著自己該扮演哪個角色？該當今天在校車上偷窺她模擬彈琴的怪咖學弟？在電腦教室被糾察隊狂diss的弱雞學弟？還是躲在路德堂長椅之間偷聽她彈流行歌的變態學弟？

不妙，萬一她對這三個角色的其中一個有點印象，他直接Game over的機率都很高。但是，一想到那個糾察隊豬哥標糾纏她的樣子，他又心有不甘。

既然伸頭一刀，縮頭也是一刀，乾脆正面迎擊、速戰速決算了。

余家睿深深吸了口氣，果斷地在鍵盤敲下：「**明天，我們在學校見吧！**」

8

第四節課的下課鐘響起，余家睿是全年級第一個衝出教室的人。他不顧老師還沒宣布下課，就直接衝進男廁，在鏡子前撥弄頭髮老半天，始終有幾絡髮根不聽話，導致他無法完美中分，他焦慮不安，又沾了點水想讓頭髮乖乖貼平。

該死，他今天為什麼不抹點髮蠟再出門？

昨天他跟深深約好了，待會要在食堂一起用午餐。本來他興奮到差點睡不著，結果今早醒來看著鏡中的自己，眼睛卻好像長出了顯微鏡，處處都不順眼：這裡黑眼圈、那裡有痘疤、眼鏡戴起來太拙不戴又會失明，最悲劇的是那一頭失控的自然捲，像廚房裡的鋼絲菜瓜布又粗又硬……他自信低落，只想斃了自己重新投胎。

李致宇悠悠地走過來，一個箭步上前，毫不留情將余家睿的頭髮全數撥散！

「靠，你知不知道我弄了多久？」余家睿七手八腳將滿頭亂髮撥回原樣。

「再弄也一樣啦……」李致宇笑咪咪，手肘搭上他肩膀：「你老婆又不會因為你的髮型愛上你。」

他微皺眉頭，不確定是因為李致宇唱衰他，還是因為李致宇毫無障礙說出老婆二字而焦慮：「愛你大頭啦！只是網友見面。」
「欸，機會只有一次，我真的可以陪你去壯膽，確定不要？」
「不、要！」他斬釘截鐵：「誰要你來當電燈泡？」
「啊不是說只是網友見面？」李致宇又抓他語病調侃一句。
「不跟你喇賽了！」
余家睿奔出廁所，朝食堂全速前進。他瞥了眼手錶，剛被李致宇這麼一攪和，已經晚了七分鐘。他跟深深約在食堂外的飲料販賣機旁見面，但願深深沒等得不耐煩……
他匆匆趕到食堂，販賣機附近沒有任何人，他鬆了口氣，暗暗慶幸沒讓深深空等，隨後又開始胡思亂想……她會不會反悔不來了？就在這時，他發現深深站在食堂外不遠處。
深深正跟另一個高中部的女生交談。余家睿認出那個人，她是之前的司琴，跟深深同屆，是教務主任的女兒。學校裡有則關於她的傳言，她琴藝不怎麼了得，但後台夠硬，所以到畢業都會由她來擔任司琴。只是這學期開始，司琴被替換成深深，流言不攻自破。
余家睿走上前，佯裝輕鬆地打聲招呼：「嗨。」
那女孩先上下打量了余家睿一番，確定自己不認識這個人，隨後帶著疑惑的眼神看向深深：「妳朋友？」

深深轉過頭來，雙眼看著家睿，毫不猶豫地搖頭：「不認識。」

余家睿一陣錯愕，他沒想到一山還有一山高，好不容易成功約到她，她還能當場不認帳？他想說我是冰熾月影啊，妳不是深深的愛嗎？可要是她再裝死，是不是會直接被當白痴？等下對方一狀告到教官室或老陶那裡，他又有抄不完的聖經了。

「對不起，認錯人了。」他漲紅著臉給自己找台階下，按捺著不悅轉身走進食堂，他需要大吃一頓來撫平剛才的屈辱。

他買了份咖哩飯，找了個空位入座，卻還是越想越不對勁。

到底怎麼一回事？她忘記他們有約定了？就算她不知道他長怎樣，也不該違背承諾，更何況，她明明就走到販賣機旁邊，還會想不起來？就算是漂亮的女生，也不該耍人吧？看他國中部的好欺負是不是？

「這裡有人坐嗎？」

當他正氣得牙癢癢，一道輕柔的女聲出現。這更令他怒火中燒，哪個白痴女沒長眼睛？沒看過壞人啊？

他抬起頭正想開罵，卻發現眼前的人正是深深，立刻把所有的話吞回肚子裡。

她手上拿著剛買好的午餐，臉上充滿著一些不確定性，操著一口字正腔圓的國語：「你是……冰熾月影嗎？」

直到聽她親口說出自己遊戲中的暱稱，余家睿懸在心中的不安才真正踏實，千真萬確，她是他在遊戲中遇到的那個人。

但他不解事情為什麼又有這麼大的反轉，只能愣著點頭。

她好像鬆了口氣，露出燦笑：「我是深深的愛。」

那道笑容讓他連氣都忘了生，特別是他發現，比起昨天的並肩坐，現在他們面對面四目相交，反而更令他頭暈目眩。他低下視線，不敢直視她：「嗨。」

「對不起，剛我同學在，沒讓她知道我在玩MUD……」她在他面前坐下，拿出一瓶從販賣機投的可樂：「這請你喝。」

他沒收下飲料，總覺得收了好像顯得他真的很不爽，但不收，是不是又顯得他像在賭氣？他不想再糾結這種小事，佯裝瀟灑地動筷：「先吃吧。」

深深打開了餐盒蓋，他趁機偷瞄一眼，裡面是炒烏龍麵，他記住了她的喜好。

「你從國一就在這裡讀了嗎？」她問。

「大部分的人都是吧？」

海德是私立學校，國中部的學生得參加入學考，國三上學期的成績決定是否能直升，除此之外，高中部不會特別對外招生。所以，余家睿實在不知道她為什麼有辦法轉進來，難道是靠著會彈琴？

「難怪，大家看起來好像都認識很久了……」她的眼底閃過一抹落寞。

「妳從哪裡轉來的？」

「台北。」

她說這句話的同時，余家睿好像又看到她身上散發出的魔法光芒。

台北對他來說，像個半生不熟的遠親，常聽人提起，卻不確定它具體的樣子。小學時爸爸帶他去過一次，四小時的路程他暈車吐得一塌糊塗，只記得動物園很無聊，那裡的房屋好高。

「那怎麼會轉來？」

「因為我媽工作的關係。」她將麵條拌勻，一口接著一口吃著，她的髮尾一度沾到調料，她一邊咬著麵條、一邊俐落地將頭髮撥到同一邊，用剛才綁餐盒的橡皮筋束成一支馬尾。「你怎麼會玩MUD？」

「同學教我玩的，妳呢？」

「台北的朋友很流行這個。」她說：「我媽說長途電話費很貴，不准我打電話到台北，現在只能上MUD跟他們聊天。」

他一知半解，原來這流行是台北帶起來的？那他還真落伍，現在才開始玩，她會不會覺得他很遜……

「妳爸媽平時不會管妳上網嗎？」為掩飾窘境，余家睿轉移話題。

她先是沉默，似乎對這個問題感到意外，隨後才淡淡回答：「我爸跟我媽分開了。」

「那妳很自由耶！我爸每天都罵我，叫我不要玩電腦，還沒收我的數據機，害我只能在網咖或電腦教室上線……」

「我比較希望回台北跟我爸住。」她臉上沒有任何笑容：「至少，他不會反對我學琴。」

余家睿這才會意過來，她口中爸媽的「分開」代表著「離婚」。他在內心咒罵自己的愚蠢，慌張地想轉移話題：「那……妳想考音樂系嗎？」

「嗯。」她說：「第一志願是師大，這樣我就能回台北了。」

截至目前為止，她已經提了好幾次台北。余家睿覺得自己好像該對她講一句「加油」，但他卻陷入作繭自縛的矛盾中，一方面希望她達成心願考上師大，另一方面，他又認為回台北意味著他們就不會再見面了。

「妳剛沒做謝飯禱告欸。」好不容易，他找到一個可以岔開話題的藉口，以跳脫那片尷尬的沉默。

「噓……」她將纖長的食指擺在唇上，俏皮地眨眨眼：「我沒受洗。」

「咦？妳不是基督徒？那怎麼會當司琴？」

「我問過教務處，保送音樂系的名額只有一個，他們只會推薦為上帝服務的司琴。」她吐吐舌頭：「所以我騙了他們，你會保密吧？」

真相大白，難怪他那天會聽到她在路德堂彈流行歌，他發現了一個了不得的大祕密，不過，不能再露餡了。

「那，原本的司琴怎麼辦？她沒有要考音樂系嗎？」

「我已經不能在家練琴了，而且……」深深的眼珠子轉了一圈，臉上閃出神祕的光芒：「你不是說我琴彈得比她好嗎？」

余家睿的腦袋頓時有些當機。

在海德，學生最壞就是不想唸書、對人際關係放棄治療，連打架都是很偶爾才會發生的新鮮事。學生之間的糾紛，往往是小團體或因成績引發的小打小鬧，很少有真正邪惡的欺瞞與陷害。至少，在余家睿的認知中不曾有過，因此，當深深會說出這麼挑戰底限的答案時，已經足以毀他三觀。

這個女生，比表面上看起來的還要壞。

不過，看著深深臉上沒有一絲愧咎感，余家睿很快就改變了思維。老師說台北的學校比較競爭，學生的企圖心也比他們強很多，說不定，這種事在台北根本稀鬆平常，他才不要在深深面前當那種會大驚小怪的乖乖牌。

何況，知道她不是基督徒以後，他確實也鬆了一口氣。

余家睿鼓起勇氣、對深深吐露一句真心話：「那我問妳哦，妳會不會覺得，崇拜的唱詩班唱得很難聽嗎？」

她先是一愣，隨後終於忍俊不住，掩著嘴哈哈笑起來：「原來不是只有我這麼想。」

「我們這樣會不會被上帝懲罰？」

「不會吧！」她不以為意，嘴角帶著笑，烏溜溜的眼珠對四周掃了一圈，使她更添幾分神采：「對了，你叫什麼名字？一直用遊戲的名字稱呼很怪。」

「余家睿。」他說。

「我叫米芷姍。」她微笑。

他不打算以遊戲暱稱喚她，但也不想叫她本名，他想要一個夠特別、能永遠珍藏在心、專屬於他一個人的稱呼，譬如說——「老婆」。

9

幾天後，余家睿意識到了一件事，米芷姍的存在不只是個單純的外來者。有時候她像一條分界線，老師們藉由她的存在區隔出其他人的琴藝好壞；米芷姍也像一套服儀標準，女學生們注意她的髮型、髮飾，巴不得將她的模樣複製在自己身上，為自己的魅力加分；在男學生之間，米芷姍更像是戰利品，她跟誰多說了兩句話，就會被誰拿來炫耀；而對余家睿來說，她是能開啟他美好一天的起點，為了見她，他更勤於參加早晨崇拜，但也因為米芷姍的關係，崇拜的「生意」變得很好，每星期早晨，路德堂擠滿了想來親近上帝的男學生，一位難求。

米芷姍更不乏追求者，每次，余家睿在校園裡見到她，同時她身旁也會伴隨前來搭訕的男生。他會躲在旁暗中觀察她的反應，等待她遞出一道尷尬不失禮貌的微笑、讓對方知難而退，她舉手投足都自然而不令人難堪，彷彿天生就擅長處理這種事。

「你老婆真多人追……你不會吃醋喔？」

坐在福利社外的長凳上，李致宇和余家睿一邊吃著冰棒，一邊目送一名剛失敗的挑戰者喪氣離去。

「吃什麼醋？再多人追，她也是我老婆啊。」余家睿打趣地反譏，他最近很常提「老婆」這兩個字，那會使他感覺自己和其他男生不一樣。

米芷姍沒注意到余家睿坐在那兒，她隻身走進福利社，在貨架前端詳著架上的零食。李致宇反身跪上長椅，毫無遮攔地往福利社內窺探。

「你不要那麼明顯啦！」余家睿趕緊拉回李致宇，不希望米芷姍發現他時會感覺被冒犯：「坐好啦。」

「我幫你看著她啊！」李致宇突發奇想：「我知道了，下次再有人搭訕她，你就直接衝過去嗆他『不准動我的老婆』！」

「白痴喔。」余家睿白了他一眼：「我還想活命，要是被高中部的知道我跟她的關係，我就死定了。」

「拜託，高中部的學長都那麼唱秋，趁機去宣示一下主權，他們下巴一定會掉下來！」李致宇說著，又忍不住朝福利社一瞅，立刻發現新大陸：「快點，又有雜魚了！」

余家睿順著李致宇的視線望去，卻發現這次來挑戰的不是什麼雜魚，而是那個糾察隊學長趙季威。

米芷姍站在結帳口，拿著一瓶運動飲料，在百褶裙口袋裡正掏數零錢，趙季威拿出一張鈔票想替她付帳，米芷姍直搖頭拒絕，趙季威卻輕輕抽走她的飲料，直接跟收銀員結了帳，再將飲料遞到她面前。米芷姍有些驚訝，似乎沒想到他還有這一手，趙季威不知說了句什麼，逗得她嫣然一笑，她便順從地接過飲料，和他有說有笑地離開了福利社……

「怎麼會這樣？」結果掉下巴的人是李致宇：「他們很熟嗎？」

「不知道。」余家睿意興闌珊，把剩下的冰棒直接投進垃圾桶，起身：「我要回教室了。」

他快步往前，無視李致宇在後頭追喊。他想起上回在電腦教室，趙季威和她說話時，她臉上也有那樣的笑容，比跟他吃午飯的那天笑得還要燦爛。

原來，他也沒有那麼特別。

那天放學，余家睿在網咖耗了三個小時，完成他兩個星期前就該做的事。

你決定中止戰士的修練，轉職為一名騎士。

小嫻告訴你：恭喜轉職，終於化悲憤為力量了！

小嫻為你發出真心的喝采。

為了發洩情緒，他剛顧著在練功區見神殺神見佛殺佛，都沒注意到李致宇一直在線上，連給他的恭喜都這麼靠北，遊戲裡怎麼沒有比中指的表情指令？

轉職後，余家睿靠著事前預存的經驗值，連升五等，舊的裝備已經不敷使用了。李致宇答應替他弄一套新裝備，在等待過程中，他忍不住查詢了深深的帳號。

現在是她習慣上線的時間，今天也不是她的學琴日，為什麼到現在還沒上來？難道是跟糾察隊學長出去了？他查詢自己的帳號資料，「深深的愛」如烙印般牢牢地填在配偶欄裡，卻不再令他安心。

就算她是他老婆，那又如何？終究只是個遊戲，有些玩家還會逢場作戲叫叫老公，她連親吻的社交指令都不會對他做。

你的另一半也來了，你們還真是有默契呀～

看見上線通知，余家睿的心臟漏跳一拍。但心裡仍有賭氣，忍住衝動不跟她打招呼。

深深的愛告訴你：轉職啦？恭喜！

你回答深深的愛：嗯。

深深的愛告訴你：小屋有放一套LV30的裝備跟武器，你拿去用，用不到就賣掉。

他一愣，立刻傳送到愛的小屋，裡頭還真的有一套符合他等級的裝備，還有幾把騎士專用的武器。

原來，她也有想到他的時候？他竊喜。

你告訴小嫻：我有裝備了，不用打了。

小嫺回答你：為何？

你告訴小嫺：我老婆已經幫我準備一套了，謝啦。

小嫺回答你：不早說，我都快打好了欸！

你告訴小嫺：你可以賣掉啊。

小嫺回答你：……見色忘友！

小嫺殺氣騰騰地挑釁你：有種就來PK啊！！！

他無視李致宇的垃圾話，從小屋架上拿起全套的愛妻裝備，輸入指令換上，竟覺得自己無堅不摧。

你溫柔地擁抱深深的愛。

「**謝謝老婆的愛心。**」他鼓起勇氣，第一次對她啟用這個稱呼，再啟用了有點親密的社交指令。

「**不好意思，可以不要這樣叫我嗎？**」

「**可是，妳就是我老婆啊……**」他上一刻才覺得她很貼心，現在卻被潑了一頭冷水，他心有不甘，覺得這段關係明明名正言順：「**遊戲裡有結婚的人都會這樣叫。**」

「**我知道。可是……我們白天會在學校見到面，在網上還這樣稱呼，有點怪……**」她似乎很為難。

他一時沒搞懂，她所謂的怪到底是怪在哪，是她不想網路跟現實有重疊？還是她純粹覺得看過他的臉後，一跟他玩老公老婆的家家酒遊戲就想吐？他無暇釐清，但他直覺再糾纏下去只會更難堪，於是沉默以對。

「不說這個……我今天有在福利社看到你。」深深倒是起了個新的話題。

「喔，我看妳在忙，就沒跟妳打招呼。」他腦中浮現了，今天跟她說話的糾察隊，忍不住追問：**「那個跟妳說話的人是誰啊？」**

「高三的學長，我一轉來他就蠻照顧我的。」

「是喔……」他有企圖，當然很照顧妳啊。余家睿咬牙切齒想著。

「聽說他成績很好，他在學校應該很受女生歡迎吧？」她對趙季威似乎有濃烈的興趣，試著探問她未參與的過去有什麼光景。

「不知道，我們班的人是都蠻討厭他的。」他內心又湧上那股熟悉的不悅感。

「會嗎？我覺得他人很好啊！」

離間失敗，這令他覺得自己既卑鄙又笨拙。

「所以妳在跟他交往嗎？」

「怎麼可能？又沒認識多久。」

聽到那個糾察隊也只是條雜魚，余家睿的心中舒坦多了，他換個比較輕鬆的話題：**「不過，妳在學校裡很多人追耶，其中有妳喜歡的對象嗎？」**

送出問句後，他狠狠倒抽了一口氣，祈禱著她的答案是沒有。

「你問這幹麼？」

「沒啊，隨便問問……」

但深深沒有再回話，他知道自己的問題踩線了，匆匆忙忙胡謅了一個看似合理的說法：**「我只是聽說，我們這屆也有人喜歡妳，所以有點好奇。」**

「喔，那你直接跟他說，他沒機會的。」她說得理所當然，彷彿那是一條從來不需懷疑的真理：**「因為我不會跟國中部的人交往。」**

余家睿沒繼續接話，穿上深深剛給他的所有裝備和武器，走出小屋，一位名叫「風之子」的玩家走到他面前，他們素昧平生，但此時他胸口湧上一股強烈的恨意急切需要抒發，理性告訴自己，他應該要走回練功區打怪，或是約李致宇去競技場ＰＫ，畢竟無故惡意殺戮玩家會惹上不少麻煩，但他已經無法忍到那個時候。

他腦袋嗡嗡作響，無法控制自己，在鍵盤按下殺戮指令。

你大喝：「可惡的風之子，受死吧！」

他的雙手發抖、臉頰火辣辣的灼熱，但已經無法回頭，風之子一時招架不及，戰鬥描述一行接著一行不斷更新，讓風之子的傷越受越重。

風之子死了。

戰鬥結束，他沒獲得任何經驗值，積鬱在心的恨意也毫無緩解，那是一股無以名狀的劇痛，是肉體與心靈的不適，反應著他被排除在外的羞恥感。

他不知該責怪教育體制，把國中和高中割裂得涇渭分明？還是該責怪小她一屆的自己？這比被糾察隊抓包、比數據機被沒收、比成績無法直升高中部還要難堪。他未戰先敗，更無能為力的是，他發現自己好喜歡米芷姍。

喜歡，是深深的愛。

比愛還深。

10

天上傳來一道笑聲：聽說，風之子被冰熾月影殺死了！哈哈哈……

看著螢幕上跳出的這行字，余家睿這才發現大事不妙。

玩遊戲一個多月以來，他常看到系統跳出某某人被誰殺死之類的「笑聲」，原以為那只是管理者為了讓遊戲更有格鬥氣氛，才隨機跑出的訊息。沒想到那都是貨真價實的「新聞」，只要有玩家因戰鬥而死，所有在線上的玩家都會看見這則訊息。

也就是，他現在是人盡皆知的殺人凶手了，該不會……

深深的愛告訴你：你剛做了什麼？？

果然，米芷姍也知道了。

深深的愛告訴你：你殺了人？

余家睿慌了，一時之間也不知道如何替剛才那一時腦衝釀成的「隨機殺人事件」做解釋。將理由怪罪到她剛才說的那些話，未免太不負責任；若說他是單純心情不爽想亂砍人，那米芷姍對他的印象會不會更糟糕？

深深的愛告訴你：你知道惡意殺人的後果嗎？

他沒回答米芷姍的訊息，直覺就想登出遊戲。然而當他按出離線指令時，卻發現自己無法登出：

你現在身上的殺氣太重，不能離開遊戲。

還有這招？他也傻住了。

在遊戲中，玩家能對非玩家的生物進行戰鬥、賺取經驗值，即所謂的「打怪升級」；也能在競技場和其他玩家進行ＰＫ，即所謂的「切磋武藝」；然而，在競技場外的地方，一旦玩家間發生了格鬥致死的行為，就會被視為「惡意殺人」，屆時將觸發系統對「殺人凶手」的懲罰機制。

看來無法登出遊戲就是懲罰之一。

小嫻告訴你：你瘋了嗎？幹麼亂殺人啊？？

余家睿嘆口氣，他著實沒想到，李致宇平時在遊戲中無惡不作，撿屍偷竊盜帳號交易詐騙都幹，連最無恥的婚姻詐騙都做，怎麼對殺人的道德標準那麼高？

你回答小嫻：欸怎麼辦？他說我殺氣太重，不能下線啦！

小嫻告訴你：廢話，一個遊戲要是能讓你爽爽殺人又不用負責任，誰還敢玩！

你回答小嫻：那現在我該怎麼辦？

小嫻告訴你：三個字，不要死。

你回答小嫻：剛才是意外，我不會再殺人了啦！

小嫻告訴你：我是說，你接下來很可能會被追殺，如果看到有人砍你你就馬上逃跑，千萬不能死。

他還來不及問死了會怎樣，突然獎金獵人已經出現在他面前，正朝他高高舉起巨劍朝他奔過來一陣猛劈！他急急忙忙逃向城門外的郊區，沒想到獎金獵人也追了過來，他甩不掉，決定正面迎戰。

所幸他的等級已經比獎金獵人高許多，加上現在全副武裝，眼看著獎金獵人每一次的攻擊全數落空，這激起了他的戰鬥意志，他騎馬撞倒了獎金獵人，一路拳拳到肉地打到對方一滴血也不剩。

獎金獵人死了。

（你獲得30000點經驗值。）

你從獎金獵人的屍體中搜出1000枚金幣。

身為一個殺人凶手，不僅逍遙法外，還搜刮了點小錢，余家睿還是覺得良心不安，他嘗試登出遊戲，卻依然顯示殺氣尚未散去，這令他有些煩躁。

你回答小嫻：要是死了會怎樣？

小嫻告訴你：技能、屬性都會掉20％

你回答小嫻：掉這麼多！

他現在渾身發毛了。

小嫻告訴你：你不要在外面晃來晃去，趕快找個地方躲好。

他也想躲啊，但整個遊戲就這麼幾個區域，他還能躲去哪？現在系統已經在他暱稱前冠著「殺人凶手」四個字，無論他改什麼暱稱，任何玩家只要經過就會知道他剛才殺過人，就算其他玩家不對他下手，也難保不會有人回報他的所在位置，組團獵殺他。

余家睿在腦中思索了所有能去的地點，到底有什麼空間是只有他知道、別人也進不來的地方呢？

忽然，他靈光乍現，可以躲回小屋啊！那裡是私人住宅，除了他和米芷姍之外沒人進得來。家果然還是最溫暖的避風港，他怎麼這麼晚才想到？還白流了一身冷汗！

余家睿思索著他的逃亡計畫，小屋離這裡不遠，比較困難的部分是必須先穿越城門、再拐幾個複雜的彎，那邊靠近裝備店，人來人往，但他對那條路還不算陌生，只要下連續指令快速移動，應該有辦法閃過。

打定主意後，他快速越過城門進了城，用事先默背的路徑下連續移動指令，但路徑才走了一半，卻又發生意外。

你的指令下太快了！

「Shit！」他都忘了，系統為了防止過度使用而超載，只允許玩家一次做六個指令，若超過六個指令，玩家會在原地動彈不得五秒鐘。

「快點快點快點……」在這緊要關頭，五秒鐘簡直像五分鐘一樣難熬，他猛戳鍵盤嘗試重下指令，盼能一解除鎖定就逃離現場。

殺手的殺手循著你的殺氣走了過來……

看見這個名字，余家睿忽然背脊一涼，這不是平常都在冒險者之家附近閒晃的NPC？從來沒看過他走得這麼遠啊！

殺手的殺手一看見你，立刻大喊：「可惡的殺人凶手，這裡就是你的葬身之地！」

他一驚，沒想到殺手的殺手也對他自動攻擊了！得先看看到底勝算多少。

你用挑釁的眼光打量殺手的殺手。

他比你強太多了，最好不要打他的主意。

穩死的，先閃再說！余家睿感覺自己手掌冒汗、心臟都快跳出來，他猛戳鍵盤按出任何一個可逃離的方向，沒想到殺手的殺手比他更快——

殺手的殺手大吼一聲，對你發動狂暴攻擊！

（你渾身是血，受傷極重，有生命危險。）

（你已經奄奄一息了。）

你死了。

「幹～～～」事情發生得太快，才一個眨眼他已經被秒殺。

這次死亡，沒有人替他復活。他只能靜靜地在螢幕前等待重生。

在冒險者之家恢復知覺後，他打量自己，發現「殺人凶手」四個字已經從他的暱稱前消失，看來這個遊戲對殺人凶手的懲罰機制，會在死亡後結束。但那不是重點，他得趕快回死亡現場撿裝備，要是先被人撿走，還得想辦法弄來一套新的……

深深的愛告訴你：你的裝備我幫你撿好了，回小屋吧。

他聽話地回到小屋，深深的愛已經在那裡迎接他，她替他施法補血後，把裝備交還給他。

「謝謝……」他有點愧咎。

「**你殺的那人惹到你什麼了？**」但深深沒打算跟他客氣，直接開第一槍。

「**沒有。**」

「那你幹麼要殺他？」

「他是妳朋友嗎？」

「是不是我朋友跟你殺人有什麼關係？難道不認識對方，你就可以亂打？你知道走在路上無故被打感覺有多差嗎？」

面對來自電腦另一端的憤怒，他也不想為自己辯解了。他隨手查詢自己的屬性和技能，果然全被扣了百分之二十，不曉得要花多少時間才能練回來，但他也不想練了。

反正一切都是假的。那個玩家沒有真的死掉，屬性技能被削弱對他來說不痛不癢，他跟深深的夫妻關係，也是假的。誠如李致宇一開始警告過他的，在這裡面發生的所有事情，都只是遊戲。

而他開始覺得這個遊戲不好玩了。

「我不知道，不過反正也沒差了。」他悶悶地送出這句話。

「你說什麼？」

「我想好好唸書，之後應該會很長一段時間不能上來。掰了！」不等深深回答，他立刻按下登出指令。

全部物品解除標記，歡迎下次再來。

他不知道「下次」會是什麼時候，也許是考完期中考，也許是考完期末考，也或許他永遠不想再上來，無法確定。唯一知道的是，他受夠了當一名國中生，受夠了高中部鄙視他的態度，他想快點長大，成為一個有資格喜歡她的人。

11

老陶平時改考卷是不會特地注意哪個學生考幾分的，他會用不鏽鋼的大夾子將右上角的姓名欄遮起來，一張又一張機械化地批改。但他知道這次小考的題目出得刁鑽，極有可能會讓一些平時程度好的學生感到挫折，他承認這是他自己卑鄙的小伎倆，畢竟這些孩子很有可能會繞開聯考直升高中部，他得讓他們繼續維持點競爭力。

而現在，老陶在一片滿江紅中撈到一張優秀的九十二分，打上分數前他還忍不住重新檢查一次，確定自己沒算錯。

國三甲是他帶的導師班，數學程度最好的是許建豪，但這張答案卷上的筆跡顯然不是他，也應該不屬於班上前五名的學生筆跡。他按捺不住好奇，忍不住鬆開夾子，往姓名欄一窺。

余家睿。

老陶微訝，他翻遍已經批過紅字的那疊紙，找到許建豪的答案卷，才考八十一分，沒想到上個月令他無力到懷疑人生的余家睿，居然超車了許建豪十一分？

學生成績進步固然是好事，但老陶任教這麼多年很清楚，這些正青春的國中生如果不是真的想唸書，愛的教育鐵的紀律都沒三小路用。他在腦海中回溯這個月裡余家睿所佔據的記憶體，前陣子似乎對上網很著迷，還每週三固定去崇拜，但最近兩週卻突然乖乖待在教室裡，數學作業也不再遲交。

先排除余家睿作弊的可能，老陶的腦子還是無法停止追溯「變異」的源頭。余家睿會突飛發奮圖強，絕對不是他上個月約來說個兩句的功勞，雖然不知道他發生了什麼，但這兩週，余家睿的小宇宙、枯燥乏味的中學生活裡，肯定是發生了什麼足以讓他天崩地裂的事情⋯⋯

「我想離職～～～」

高頻率的女聲鋪天蓋地襲來，是英文科的王牌老師雪倫。雪倫跟老陶是同一期進海德的老師，在國外唸過書、被英文科主任稱讚過英文發音很美，人總是很活潑，但就是喜歡對其他老師抱怨學生，不過在海德這種私校，一般碰不到家境問題太大的學生，對一些待過公立學校的老師來說，雪倫的抱怨他們只當嗑瓜子的笑話聽。

「怎麼了？」老陶仍微笑以對。

「就那個新來的轉學生！我剛改她的考卷，聽力竟然全部空白！我教這麼多年，從沒遇過這麼誇張的！」

「我怎麼不知道海德有收轉學生？」

「有啊，高一戊那個！你也有教他們班吧？就那個新的司琴啊，她把王主任的女兒給擠下去，王主任超火大的。」

老陶總算在腦海裡拼湊出雪倫口中的那個轉學生了。剛才乍聽之下，還以為是那種大咧咧打瞌睡、完全不甩老師的流氓學生，結果根本不是。

「喔，妳是說米芷姍啊？還好啊，看起來乖乖的。」

「你們男老師神經都很大條耶，我們是靠升學率在撐的，又不是主打品德教育，乖有屁用？讀書態度這麼差，還要拉低我的平均分，到底誰讓她轉進來的……」

海德對自家的英語教育相當自豪，規定老師採全英文授課，學生在英文課上講句中文就會罰十塊錢；外校從不注重的英文聽力，海德每次段考都佔百分之二十，大多數學生從國一入學就沐浴在這樣的外文教育環境，所以海德很少看見英文程度太差的學生。

在家長眼裡，海德的教育方針簡直是夢寐以求的，讓他們不顧每學期昂貴的學費也要將孩子送進來。但老陶認為全英語教育其實是個兩面刃，每個年級總有那麼幾個對語言就是毫無天賦的孩子，他們在海德可過得辛苦了，光是發音不標準就會成為同學的笑柄，於是越來越不敢開口說英文，還得面對英文老師的連續攻擊，最後那些孩子總是唸了一兩年就早早離開，而米芷姍這種轉學生，就更不用想她會有多痛苦了。

「才第一次段考嘛，再給她一點時間適應吧……」老陶打圓場，他知道雪倫愛抱怨學生，應付幾句就沒事了。況且，區區一個英文老師根本無權開除學生。

「給很多次機會了！」雪倫沒打算就此罷休，口沫橫飛地繼續罵：「我一直很擔心她，問她要不要放學後留下來做輔導，她說每天都要練琴，沒空！我都沒收錢耶～義務幫忙而已，就算以後要考音樂系，學科不用顧嗎？如果只打算練琴，那她幹麼轉來海德……我聽說，學校裡好幾個男生在追她，這樣怎麼好好唸書？」

老陶覺得雪倫說得有些過了。哪個學生想追誰，只要不構成騷擾，老陶從來不出手制止，他思想開明，甚至會鼓勵那些學生全力以赴地追。耽誤功課這種問題，等到人家追成了再多留神觀察就好，檢討被追求的學生更是不必要，她不過就是長得好，做錯了什麼？如果校方將男女關係視為大問題，當初創校幹麼要搞男女合班？

不過，以他對雪倫的了解，知道現在跟她對著辯，只會更激起她的鬥志，他試著抓回話題主導權：「妳太認真了啦。對了，我們班這次英文考得怎樣？」

「還不錯啊！啊，有個男生之前都不唸書，這次進步很多！」

「哪一個？」

「James……中文叫什麼？」雪倫用拳頭猛敲額頭，苦思。

「余家睿？」

「對對對，就是他！考得很好耶～你之前說對了，他只是不拚，現在上國三知道要唸書了，馬上拿了個九十幾……」

雪倫眉開眼笑地走了，老陶卻眉頭深鎖，開始擔心起余家睿。這孩子最近到底怎麼了？

12

余家睿沒有被任何人約談，但他在第一次段考拿了全班第五名，全年級第二十三名，已經跌破全班的眼鏡。只不過這個月以來，余家睿像是靈魂被盜帳號，完全變了個人，每天到學校連個瞌睡也不打，在校車上也拿單字卡默背，連考完試的早晨也不例外。

「喂，余家睿。」李致宇走過來，抽走余家睿手中的單字卡。

「幹麼？」

「放學要不要去網咖？」

「不要。」

「那今天有崇拜，去不去？」

「不去。」余家睿搶回單字卡，不打算再說話。

「剛考完不要一直讀書啦，很噁心耶。」李致宇忍不住吐槽，「你最近為什麼這麼拚？」

「不想讓你太唱秋啊～」余家睿調侃答道。

「白痴……」

對李致宇來說，余家睿突如其來的用功也是樁懸案。他著實想不透，幾個星期前，余家睿好不容易轉了職，還想一口氣練到滿等，結果竟這麼不愛惜羽毛，搞出了個惡意ＰＫ，就算屬性技能被重重砍了一刀，也沒嚴重到練不回來嘛！誰知道那天起他就不再上線，也不再去電腦教室，更沒向他借過數據機。更怪的是，每星期三早晨余家睿也不再拖李致宇去看米芷姍彈鋼琴，中午也不嚷著要去電腦教室，好像他對自己曾經的沉迷完全失憶。

余家睿跟米芷姍到底說了什麼不開心的事，李致宇起先沒很在乎，反正不是他告白失敗、就是米芷姍說她有喜歡的人了。但這回余家睿拿下全班第五名，倒讓李致宇好奇了。

「你還沒跟我說，你ＰＫ那天到底跟你老婆說了什麼？」李致宇終於問出這幾個星期盤據在他心中的問題。

「不要再老婆老婆的叫啦！」余家睿還以一記白眼。

「幹麼？你們分手喔？」

「分你大頭。」余家睿悶悶地埋怨：「她不喜歡我叫她老婆啦！」

「就這麼小的事？讓你兩個禮拜完全不上線，還可以考到全班第五名？」李致宇突然有個大膽的想法，如果失戀神功這麼好用，他是不是也該找個對象失失看？

「沒有啦～」余家睿不想回答這些問題，隨便找了個藉口離座：「我要去圖書館一下，不聊了！」

余家睿快速步出教室，才放緩腳步，一路走向圖書館。

他很清楚，問題從來不只是那個稱謂，他難以具體說明，只希望這一年能盡快度過，他想趕快換掉這套令人生厭的國中制服。儘管如此，他也從未停止過在意米芷姍，每週上理化實驗課經過高中部教室，他會有意無意地瞟向她所在的班級，但說也奇怪，那天登出遊戲後，他就再也沒在校園見過她。

他走進圖書館，其實根本不打算找書，只是想要有個空間透透氣。余家睿百無聊賴地在書架上掃著，那些科普書無聊透頂，古典文學名著更像老古董，倒是看到了幾本漫畫書，沒想到學校圖書館竟然會進這個。

「嘿～」一道熟悉的聲音飄進他耳裡。

余家睿聞聲抬頭，發現米芷姍居然站在他眼前，他一陣兵荒馬亂，只想得到發出一節單音：「嗨……」

「好久不見耶！」她難得綻開笑容。

真的是好久不見，余家睿注意到她的瀏海長長了，分邊塞耳後，但與她原本的好看並不衝突。天氣已轉涼，她仍穿著夏季制服，卻將秋季穿的白色長袖襯衫罩在外當薄外套。

「最近還好嗎？」她的態度竟然比他熱絡。

「還好。」他直覺該多說點什麼，但之前每次見面他總是先排演無數次，現在來了個突襲檢查，腦袋卻打結。

「你後來怎麼都沒上線了？」

這話讓他的心起了微微的悸動，他能解讀為這段日子米芷姍有想他嗎？

「我想好好唸書。」

「那你很有定力耶！」她說話的語調，聽起來是在真心佩服：「昨天升旗我有看到你上台領獎。」

「只是最佳進步獎而已，下次我要拿到全校前五。」他頓了頓，彷彿名次才是他搶到話語權的唯一手段，抬起眼看著米芷姍：「然後直升高中部。」

「能直升海德高中部的人，真的都蠻強的。」她低頭掃了眼手上拿的書，眼神閃過一絲低落。余家睿注意到那本書，封皮有點眼熟。國二時雪倫曾在課堂介紹過，推薦給英文成績差的學生用的補充教材，但事實證明，英文程度跟不上的人會直接轉學，而非求助於此。

他似乎意會到米芷姍要借這本書的原因，但那一刻他並沒有把自己的推測問出口。

「等下不是要崇拜？妳不用去彈琴嗎？」他好不容易起了個話題。

「我爭取到代表學校出賽的資格了。」她一掃愁容，臉上回復了點自信：「可以順便回台北見我爸，也不用在崇拜假裝基督徒……老師給我音樂教室的鑰匙，我放學後都能進去練琴。」

他乍聽之下，覺得這似乎對米芷姍是一件好事。然而，他也已經很久沒有見到米芷姍彈琴的背影了，如果要拿他在早自習時段唯一的樂趣交換，他其實不怎麼樂意。特別是，這事還跟那該死的台北扯上點關係。

「妳媽沒有反對妳去比賽？」在貧乏的資料庫中，他好不容易找到一個可以阻止她出賽的論點，倉促出招。

「當然反對，我這幾天一直在跟她吵架……最後她同意了，如果比賽得到全國前三名，她就願意讓我繼續練琴了。」

「什麼時候比賽？」

「聖誕節過後兩天。」她忽然想起了什麼，補充一句：「最近我應該也會很少上MUD，有事就寫信給我吧。」

「嗯，加油！」

「謝謝，先掰囉～」

見米芷姍挾著書本走向借書櫃台，他突然捨不得就這麼結束。

「等一下！」

「怎麼了？」她回眸。

「……妳也能替我加油嗎？」

「加油！」

她的笑，讓余家睿的世界燈火通明，他看得目不暇給，導致他沒注意到有東西被遺忘在陰影裡。他忘記了，米芷姍似乎曾經想說、他也覺察到、卻終究沒開口問的，一個問題。

13

十二月的海德中學總會陷入瘋狂，學生無心上課，老師束手無策，每年皆然。

形成瘋狂十二月的源頭，是位名叫耶穌的男子。海德是教會學校，自然也承襲西洋的傳統，聖誕節前夕起會停課兩天，全校師生皆得參加校方舉辦的聖誕活動：聖誕崇拜、以聖經故事為主題的聖誕樹布置比賽，以及十二月瘋狂的核心——班際聖誕歌曲比賽。

從十一月下旬開始，大多數班級就會開始超前部署，緊鑼密鼓地練唱聖歌。倒也不是學生信仰有多虔誠，或有多想贏得這場比賽，他們只是想從無聊的學習中逃避現實——有冠冕堂皇的理由拒絕上課，誰想乖乖待在教室裡？

海德的學生不只在音樂課練歌，從早自習開始，音樂教室就會成為各班必爭之地。音樂教室不夠用，那就挾著一把電子琴，全班移動到操場練。至於美術課、工藝課、生活與倫理、健康教育……只要不那麼重要的科目，都會被拿來「借課練歌」。進入十二月，借課行為只會變本加厲，連國文作文課、英文會話課、實驗課都難以倖免，只要該科老師意志不夠堅定，勢必會被借好借滿，瘋狂程度連導師都舉白旗投降。

這天早自習，國三甲借到了音樂教室，毫無疑問是晨練的開始。開練之前還得先沿著操場跑道跑一圈，在冷風刺骨的十二月，那是最有效率的開嗓方式。

跑完步，余家睿氣喘吁吁，他隨著班上同學緩步前行，一路向音樂教室移動。

「你幹麼來？」李致宇湊到他身邊，開啟今天的第一段對話。

「練歌啊。」余家睿不明就裡。李致宇的話十句有九句都是在開嘲諷，卻又不喜歡開門見山，老是沒頭沒尾來一句，但兩人的友誼就是建立在余家睿總會配合演出。

「不是說下次要考前五？回教室唸書啊！」李致宇口吻中充滿戲謔。

他這才搞懂李致宇諷刺的點，很有默契地奉上一記還擊：「你不一起回去我怎麼捨得回去？」前方兩個女同學聽到對話，理智上覺得無聊，卻還是不爭氣地笑出來。李致宇有些得意，手搭上余家睿的肩膀追問：「欸，你老婆今天沒上校車。」

「幹麼一直跟我講到她？」余家睿反感皺眉。

李致宇和米芷姍搭同一路線校車，他是知道的。能每天看見米芷姍，余家睿當然羨慕，他也知道李致宇是故意說給他羨慕的，但再羨慕又能怎樣？難道要他搬到李致宇家，跟他搭同一路校車，讓米芷姍成為他每天早晨上學的風景嗎？

「你老婆沒來上課，你不擔心嗎？」李致宇怪腔怪調揶揄著，無聊當有趣地自己笑得很樂。

「擔心個屁，人家最近在比賽啦！」余家睿加快腳步，不想理會李致宇的玩笑話，卻察覺自己正經過米芷姍所在教室的那棟大樓。

他轉念一想，距離米芷姍上次說的比賽日期還有兩週呢，會不會是她身體不舒服？他該不該破例上MUD寫封信關心她一下？

「那邊怎麼那麼多人？」李致宇的注意力已經轉往下一個目標，他緩下腳步，一聲吆喝，其他男同學也跟著停下來行注目禮。

只見，某間教室外聚集著一群高中部男生，余家睿等人還沒會意過來那些學長到底在幹麼，只從鼎沸的噪音聽出了旁觀者的訕笑聲、行動者的吆喝聲，以及受害者的哀嚎掙扎聲，似乎是一場霸凌行動，但從圍觀者的輕鬆表情判斷，氣氛似乎又不像真正的打架那樣緊張。

「在阿魯巴啦！」許建豪不愧是學霸，連校園異象都能悠悠地吐出正解：「我早上在校車聽到高三的學長在說，他們今天串通好了要阿人。」

「水喔！」

男孩子們的精神瞬間一振，眼神中無不流露出對學長的崇拜。

「阿魯巴」的風氣在海德校園裡頗為盛行，時不時有男同學群聚在校園內各種條狀物前行刑，一陣騷動後便會引發群眾圍觀。李致宇每次看見有學長在阿魯巴，就兩眼發光躍躍欲試。

但打從國一入學，老陶就對國三甲下了「禁阿令」，加上海德規定被記過的學生不准直升，導致國一二的男生對阿魯巴只能心神嚮往、國三時開始蠢蠢欲動，高中部才能光明正大玩，年級越高、玩得越瘋，還隨著經驗的累積逐次玩出新花樣。

「誰被阿啊？」李致宇很習慣地把「阿」轉品成為動詞。

「好像是一個蠻有名的學長，我忘記名字了。」

案發現場在高一戊，那是米芷姍所在的班級。余家睿暗忖，他忍不住伸長脖子，想看清楚到底事主是誰，但許建豪的話又讓他發現幾個矛盾點，忍不住納悶：「高三學長幹麼在高一的教室阿人啊？」

阿魯巴的發生地點是很隨機的，舉凡樹幹、窗格、門緣、樓梯扶手、竹掃把，甚至腳踏車輪……任何條狀物都可能被「就地取材」。但無論使什麼花招，對樂於此道的男孩來說，阿魯巴其實是一場表演，有演出者也要有觀眾，沒有熟識「被阿者」的人目擊就沒樂趣了。高三生進行的阿魯巴，幹麼非得發生在高一的教室？他們究竟想讓誰看到？

「我哪知？」許建豪一臉不在乎地聳聳肩。

「反正又不認識，去看一下！」李致宇也說。

顯然國中生們情緒正激動，一頭熱地只想看熱鬧，沒人對余家睿的問題留神。他們不約而同朝高一戊靠近，余家睿也只能從眾，他對阿魯巴的興趣並不大，跟上去只是為了確認米芷姍是不是真的沒來。

今天這場阿魯巴非常典型，就是很單純地掰開雙腿、朝窗格反覆撞擊，偶爾即興來點上下磨蹭的「升旗」combo技，但對於只能看不能玩的國中男生來說，能在搖滾區觀賞就已經夠過癮了。

余家睿伸長脖子，想在人群中搜尋米芷姍的身影，但被阿者的哀嚎聲聽著竟有些耳熟，他忍不住分神望去，發現那人是趙季威！

「欸，是上次那個糾察隊！」余家睿興奮得用手肘推推李致宇，這場表演終於多了點看頭。

「幹真的耶！」李致宇也認出趙季威，忍不住咧嘴笑。畢竟上次他們在電腦教室被趙季威取締，還窩囊得敢怒不敢言，現在有人替天行道，當然痛快：「爽啦，報應！」

余家睿聚精會神地觀賞這場大秀，當那群學長抓住趙季威、將趙季威的下盤一下又一下撞擊在堅硬的物體時，他就血脈賁張。他忘記自己為什麼站在這裡，反而成了一頭野獸，扯開嗓門隨著群眾吆喝，彷彿每貶低趙季威一分，他就更勝一籌。

「你們在做什麼？」混亂中，一道熟悉的女聲出現在後頭。

余家睿回頭，發現米芷姍站在那裡，他這才想起，自己最初的目的是要見她，而此時此刻的她，正以一道不解又錯愕的眼神投向他。

余家睿一時有些慌亂，他下意識想解釋，這只是個遊戲，大家都是鬧著玩。他也不懂為什麼自己會想解釋，就是一個直覺，認為米芷姍看到這種場面不會高興，至少他班上的女孩是這樣的。

「女主角來了！」忽然有人拋出這句話。

余家睿一愣，他望向米芷姍，百思不得其解：為什麼她是女主角？那男主角又是誰？

「放開他，否則我報告教官！」米芷姍不悅吼出。余家睿從來沒料到，她小小的身軀能發出這麼大的音量。

學長們臉上並沒有一絲被譴責的羞愧，你看我、我看你，幾道心照不宣的訕笑後一哄而散，只剩趙季威被留在地上。

「走了啦！」李致宇也摸摸鼻子，拉拉余家睿催促他離去。余家睿下意識隨著國中部男孩們走人，視線卻忍不住飄回教室門口，他發現米芷姍匆匆趕至趙季威面前關切。

阿魯巴，從來不是單純的校園霸凌。它是一場蘊藏男性競爭意識的遊戲，受刑人往往是人緣好的男孩，他們是校園明星，是食物鏈最頂層的既得利益者，就像趙季威。那些學長之所以對他做這樣的事，只是因為，趙季威擁有他們得不到的東西。

但那個東西究竟是什麼呢？

14

你現在是第三十五級的人類騎士了。

你已經升到最高級了。

余家睿坐在網咖裡，看著純文字跳動的遊戲畫面。

是的，他破戒了。

說話不算話的確很瞎，但現在情況緊急，米芷姍已經連續三天在校園看到他，卻沒跟他打招呼。余家睿覺得他們應該要好好談談，但他沒有勇氣到米芷姍的班級找她，只好破戒上線守株待兔，沒想到這一等就是三小時，讓余家睿無聊到忍不住把等級練滿。

「欸，李致宇，我三十五級了，幫我弄裝備。」

「叫你老婆弄啊。」

「她還沒上來啦！你先幫我打，不然我沒辦法去新的練功區。」

「好啦，等我幾分鐘……」李致宇目不轉睛盯著螢幕，還在自己的戰場奮鬥。

「你在幹麼？」余家睿好奇朝隔壁螢幕瞥了一眼，這才發現李致宇根本不在戰鬥中，而是在跟其他玩家聊天。

最愛小嫻的凌告訴你：我都親自搭火車來了，妳還是不願意跟我見面嗎？

你回答最愛小嫻的凌：我從來沒答應要跟你見面啊，你幹麼要擅作主張？

最愛小嫻的凌告訴你：妳不是說我在妳心裡有很重要的位置？妳不是也很喜歡我，難道妳一點也不想見我嗎？

你回答最愛小嫻的凌：我不是不想見你。我是怕見面後你會對我幻滅，然後你就再也不理我了……

「噁～你們在演哪齣啊？」余家睿看得一臉錯愕。

「不要偷看啦幹！」李致宇急忙用手肘架開余家睿，但余家睿早就把所有的對話盡收眼底。

「你老公到現在還不知道你是男的？」

「所以你知道為什麼我沒空幫你打裝備了吧？」李致宇白了余家睿一眼，滿臉的心力交瘁：「他說他在火車站旁邊的網咖，從台北下來就是為了來看我，幹，有人這樣硬來的嗎？」

最愛小嫻的凌告訴你：我發誓見面後絕不會改變我對妳的看法。妳給我一次機會好嗎？

「你看啦！他又傳了，我到底該怎麼回啊啊啊啊啊？」

看著李致宇自食惡果的無措模樣，余家睿是有幾分爽快。

「算了啦，你直接告訴他你是男的吧！」

「不行！」李致宇猛搖頭：「你瘋了嗎？他對我們的關係很認真，要是他知道真相他會瘋掉的！」

「拜託，這只是遊戲而已，現實中你們根本不認識……」

「只是遊戲？天底下最沒資格說這句話的人就是你啦！」李致宇還給余家睿一道白眼：「你自己娶個老婆，都那麼在意她是不是女生，看到她跟那個糾察隊走得稍微近一點，你就快受不了了！如果有一天你發現她跟別人在一起，你能安慰自己『這只是遊戲』嗎？」

「去忙你的，閉嘴啦！」

余家睿心煩意亂，那醒目的「最愛小嫻」四個字，讓他有股不祥預感。如果李致宇沒說中他的恐懼，他為什麼今天會上線等她？為什麼他會這麼在乎米芷姍的一舉一動？

你的另一半也來了，你們還真是有默契呀～

系統在這時候很湊巧地跳出通知，米芷姍上線了。余家睿深深吸了一口氣，正襟危坐，送出今日第一個社交指令。

你很熱情地對深深的愛打招呼。

過了三分鐘，深深都沒有回應。余家睿的心涼了半截。這是不是被討厭的徵兆？他試著對米芷姍搭話。

你對深深的愛說道：hi

深深的愛回答你：hi

不冷不熱的中性回應，余家睿讀不出螢幕彼端的情緒。

你對深深的愛說道：我前天在學校有跟妳打招呼欸！

深深的愛回答你：是喔，我沒看到。

原來只是沒注意，不是不願意跟自己打招呼，似乎可以不那麼擔心了？

你對深深的愛說道：我剛升到35級了。

深深的愛真心為你喝采。

深深的愛回答你：不是說不上來了？

你告訴深深的愛：我以為妳在生我的氣……

深深的愛回答你：我為什麼要生你的氣？你覺得自己做錯了什麼？

余家睿一時語塞。

就算老陶總是耳提面命，禁止班上同學阿魯巴，他也從不覺得進行這項活動有哪裡不對。

更何況，那天他只是路過看看熱鬧，但為什麼米芷姍只是淡淡地反問一句，他就如此心虛？

「那天在妳的教室外，我不該旁觀阿魯巴……」自白的話還在余家睿的視窗裡反覆修正，但還未送出，米芷姍的下一則訊息就飛來。

深深的愛回答你：你是不是在學校到處跟別人說我是你老婆？

他一凜，雙頰燃燒、羞恥感竄上全身，如同遊戲中被無敵噴火龍秒殺的戰鬥場面，不僅猝不及防，還死無全屍。

他試圖穩住情緒，分清是非，就著事實據理力爭：「**我沒有到處說！**」

深深的愛回答你：但你有說過，對吧？

他瞥向身旁的李致宇，無法反駁。

你告訴深深的愛：我只有跟比較好的朋友說⋯⋯

深深的愛回答你：我們高中部這邊都聽到風聲了。

「聽到風聲」又怎樣？我們在遊戲裡是夫妻的事情不能講嗎？還是妳在遊戲裡當一個國中生的老婆，很丟臉呢？

余家睿心中還有好多好多問題。造成米芷姍的困擾，他確實很抱歉，但他不懂哪個點困擾了她？他也討厭米芷姍說「我們高中部」，彷彿在暗示他是「你們國中部」，幼稚的國中部、菜逼八的國中部、可能會因為無法直升被踢出去的國中部。他們的制服顏色不相同，教學大樓不同棟，對余家睿來說，高中部的教室就像一座戒備森嚴的古堡，要去之前得成群結伴、得披荊斬棘，否則光是高中部學長氣勢凌人的眼光都會嚇死他們。他不懂米芷姍為何一而再再而三提醒著，他們之間有一道鴻溝？

我不跟網友談戀愛。我不接受國中部男生追求。我希望你不要在學校說我們的事。

余家睿覺得無力，好像無論他做了多少努力，米芷姍總會設下新的關卡讓他止步。這一切的限制，都只是因為他比她晚出生一年嗎……？

「如果我升上了高中部，就有資格說這件事了嗎？」他賭氣著打完訊息，正要按下Enter發出去前，身旁卻傳來一聲刺耳尖叫！

「不要！！！！！」

余家睿摸摸耳際，他現在覺得耳膜受的傷比心還要痛：「靠腰，差點被你嚇死！幹麼？」

「他…自殺了……」李致宇面色慘白。

「誰？」

「我剛告訴他，我是男的，然後他……」李致宇全身還在顫抖：「我第一次看到這種畫面……」

最愛小嫺的凌自殺了，世界上再也沒有這個人了。

連自殺描述都這麼逼人，這個遊戲的設計者到底是多變態？

15

親愛的老婆、深深的愛：

唉呀呀，今年原本只打算寫十五張卡片，但算術不好的我，不小心買了十六張……多出來的一張，自然是要寫給妳的啦～

之前妳問我，為什麼轉職會選騎士？可能是騎士兩個字聽起來，比較像能保護另一半的感覺吧？哈哈哈！

BTW，下次在學校遇到要記得打招呼喔^^

妳永遠的騎士　冰熾月影

余家睿飛速將最後一張卡片塞進封套、黏好膠水，當他在信封正面寫下「米芷姍　收」時，很想多寫上「深深的愛」，但這樣一來米芷姍從眾多卡片中拆閱時，就不會有任何驚喜感了。他想出奇不意。最後，他借了班上一位同學的貼紙，在封口多黏一朵紅玫瑰圖樣，期許這張卡片看起來能稍稍醒目些。

海德的學生在聖誕節盛行寫卡片，在聖誕節前夕，校園書房就會販售五彩繽紛的聖誕卡，價格依照卡片大小、印刷精緻度，從十元到四十元不等。大多數學生都會在這幾天互贈卡片，卡片等級也依照對象而有不同的差異，足以暗示對方在自己心中的地位。

十元的卡片，對摺後只有一張名片的大小，樣式簡單但附有信封套，適合平常話說得不多，但想繼續維持友誼的對象。

二十元以上的卡片，對摺後約是一張4×6照片大小，通常都有基本的美觀度，適合寫給交情不錯，或感謝這學期一起分組做報告的同學。

三十元以上的卡片已經是5×7照片的大小，要將5×7的空白填滿，若不是真正的好朋友很可能會詞窮，這樣的卡片一送出去，友誼分量不言而喻。

此外，偶爾有意想不到的人捎來卡片，通常得禮貌性地回覆一張。甚至一些根本沒說過話的點頭之交，也能用張無信封的彩繪小卡，意思意思地寫個「聖誕快樂」或「Merry Xmas」，表達「我可沒忘記你唷」。

余家睿寫給李致宇三十元的卡片，他覺得最近的李致宇極度需要安慰。這兩個禮拜，他們在遊戲裡打聽消息，只聽說那個「最愛小嫻的凌」跑去了另一個以中國武俠為世界觀的MUD，而最打擊李致宇的一點是，那個遊戲沒有玩家結婚的制度。

至於現在桌上這張給米芷姍的卡片，其實才花二十五元。他當然有很多話想說，篇幅足以填滿好幾張5×7，但一來他不想給米芷姍壓力，二來他猜想米芷姍會收到很多愛慕者的卡片，內容不外乎是什麼「妳彈琴的樣子很美」、「妳很有才華」，或是「想成為妳的朋友」……媽的，那些人絕不會只想成為她的朋友！余家睿不想跟那些人一樣，他要隱藏在那些人之中，等米芷姍讀累了，打開他這張小卡時，會讀到不一樣的風景。

要不要在卡片裡稱呼她「老婆」？余家睿也猶豫了好幾天，寫了怕她反感，不寫又覺得可惜，這是他和那些愛慕者之間最大的不同，他不想放棄這項優勢。只是，謄寫上去時他手心還在冒汗，覺得自己勝率不到一半，所以他把封套黏得很牢，就怕她當場拆閱後一翻兩瞪眼。

海德的聖誕節活動為期兩天，第一天是聖誕歌曲比賽，第二天是聖誕樹布置比賽。第一天，除了上台演唱聖誕歌曲的時間，其餘空檔都能自由活動。余家睿想趁這段空檔去高中部教室，將卡片偷偷塞到米芷姍的抽屜裡。

「你很沒種耶，送個卡片也要人陪！」在通往高一戊的路上，李致宇無良開炮。

「你才沒種！」余家睿忐忑不安，前幾天他經過那間教室，本想偷瞄米芷姍坐在哪個位子，沒想到才剛接近後門，就有個凶神惡煞的學長攔住他，如守衛般盤查。他打定主意，今天要找個學姊幫助他。「先說喔，等下你千萬不要講什麼老公老婆，不然我們兩個一定會遭殃。」

「知道了啦！」

他們壯足了膽，接近高一戊的教室時，遠遠就看見三個守衛在探頭探腦，後門有一點空檔，教室裡只有兩個學姊，很專心在做聖誕樹布置的手工藝品，短時間應該是不會走出教室。

余家睿還在思索著，該如何繞過守衛向學姊求助，其中一名守衛已經發現他們，冷冰冰地質問：「國中部的，來這裡幹麼？」

被這麼一問，他底氣盡失，結結巴巴地連話都說不好：「我……找……米芷姍。」

「幹麼？」守衛一點也不意外，銳利的目光掃視著余家睿，停留在他捏在指尖的小卡片，戲謔一笑：「送卡片啊？我幫你拿就好啦！」

余家睿和李致宇交換一道眼神，李致宇面露不祥之色，以守衛不會發現的角度輕輕搖頭，暗示他這不是個好主意。

「這不是給她的……」余家睿也擔憂卡片的下場，不是被毀屍滅跡，就是被貼在中庭布告欄供全校賞閱，他不由得打了個冷顫：「雪倫老師說……有急事要找她！」

守衛不再刁難，他轉頭瞥了教室一眼：「她不在。」

余家睿和李致宇立刻逃之夭夭，深怕邪惡勢力追殺在後，他們一路直奔離教官室最近的中庭，才停下腳步、氣喘吁吁。

「幹，假鬼假怪！那幾個學長是怎麼回事啊？」

「不知道，他們一直都這樣。」

「難怪你不敢一個人去。」李致宇微微憂心：「你的卡片，我看我直接幫你拿給她吧！反正同車。」

余家睿思索著，現在時間還早，如果可以他想親自遞送給她，並和她說上幾句話，也許她讀了卡片會比較不尷尬。他想起米芷姍說的，聖誕節後兩天她就要去比賽了，也許她正在練琴。

「我想再去一個地方看看。」他說。

16

音樂教室是一棟圓柱形的建築，平均切割為四等分，所以每間教室都是弧形的階梯教室，聽說適合共鳴。音樂教室獨立於教學大樓之外，又距離訓導處最遠，靜謐非凡。

余家睿走到音樂教室外，聽到裡面傳來與宗教活動無關的旋律，氣勢磅礡且悲壯。他叫李致宇在外頭把風，盡可能以不打擾樂曲奏鳴地悄聲進入教室。

彈琴的人確實是她。

「嗨～」

米芷姍一愣：「你怎麼會來？」

「我去妳教室找不到妳，想說來這裡看看。」他低著頭不敢直視她，掏出卡片顫抖地遞上：「聖誕快樂。」

「噢！我顧著練琴，一張卡片都沒寫……」她有些慚愧地吐白：「學校裡的人，是不是都很喜歡寫卡片？」

「只有聖誕節會這樣。」在余家睿的世界觀裡，每年收到三十幾張聖誕卡都算正常，人緣好更會是翻倍，他現在才知道，原來不是每間學校都有這習慣。

「謝謝你！」她接過卡片，瞥見上面的貼紙，瞇著眼一笑：「好精緻，還有玫瑰花啊？」

「妳喜歡玫瑰花？」

「也沒有，只是小時候彈過一首曲子，叫〈野玫瑰〉，我很喜歡。」

原來有首曲子叫〈野玫瑰〉啊？他在心底牢牢記了下來。像在集郵一樣，他一片又一片蒐集著她透露出的喜好，彷彿那些零星的知識積少成多時，他就能與她再拉近一些。

米芷姍的視線最終回到手上的卡片，她本想動手拆閱，但看見那枚玫瑰貼紙，似乎又不捨得了。最後，她將卡片放到鋼琴頂端、壓在另一本譜夾下，似乎打算繼續練琴。

余家睿有點失望，他不甘心地追問：「比賽準備得怎麼樣？會緊張嗎？」

「有點，畢竟第一次參加這麼大的比賽。我希望能擠進前三名。這樣就有機會保送師大音樂系，回台北了……」

她又再一次提到台北和考音樂系。談起這兩件事的時候，她眼神悠遠，彷彿那是她漫長枯燥的生活中，唯一能促使她前行的遠方。

「妳，真的很喜歡台北喔？」問出這句話時，余家睿十分失落，那是他們無法跨越的鴻溝。

「也不是。」她抿抿唇：「只是，我不太喜歡這間學校的人。」

余家睿一愣。這是他始料未及的答案，特別是這一刻，誰會討厭聖誕節可以連續兩天不上課的海德呢？

「……包括我嗎？」

「我說的是班上同學和老師，跟你沒關係。」她搖搖頭，勉強擠出微笑。

余家睿等待米芷姍的解釋，但她並沒有繼續說明為什麼不喜歡這間學校的人。既然她說這一切跟他沒關係，那就不是討厭他的意思吧？他這麼想。

他想起她的那個小祕密，她冒充基督徒當上司琴。這件事除了他，應該沒有其他人知道了吧？所以，他跟其他人，應該還是有那麼點不同吧？

他改變想法了，只要米芷姍對他的好感勝過於對這間學校的所有人，他很樂意支持她贏得比賽、回到台北，只要她不跟這間學校的任何人有掛勾。

「不打擾妳練習，我先走了。比賽加油！」他沾沾自喜：「聖誕快樂。」

「聖誕快樂。」

余家睿一邊聽著她彈奏的樂曲，邊走出音樂教室。這裡只有他們兩人，彷彿那些樂音都是專屬於他。

「親下去了？」李致宇見他滿面春風，用手肘推推他。

「親你的頭啦，白痴！」余家睿不甘示弱。

「好啦快走，三點要集合。」

他們慌張地跑遠，腳根才要脫離圓柱狀建築物，卻聽見後方傳來「碰」一聲的關門聲。

「你剛有沒有聽到？」余家睿一頓，停下腳步。

「聽到什麼？」李致宇不解。

「關門聲，好像有人進去音樂教室。」

「不會吧，你不是才剛出來？剛有看到其他人嗎？」

余家睿搖搖頭，音樂教室裡不再傳出鋼琴聲。

他越想越不對勁，就算海德沒什麼壞學生，但現在全校師生幾乎都集中在大禮堂聽聖歌，就她一個人在裡面練琴，會不會有危險？她剛才才說到，她不喜歡這間學校的其他人……一想到這，他擔心得以最快的速度折回去，卻發現音樂教室的門打不開。

「鎖起來了？」余家睿一凜：「要不要找教官？」

「不用吧？說不定是她不想被別人干擾，才把門鎖起來的。」李致宇神經大條：「該走了，等一下會來不及……」

話才說到一半，音樂教室裡傳出一聲細柔的叫聲！余家睿看向李致宇，李致宇也聽到了，兩人附耳在門板上凝神聽。

「好了，東西還我啦！」是米芷姍的聲音，夾雜了滿滿的笑意。

「不行，誰叫妳亂收別人的卡片？」是一道男聲：「誰寫給妳的？」

「你不認識的啦！」

「答應我，以後收到別人的東西要拒絕，我不想在學校還要看到一堆蒼蠅纏著妳。這卡片到底是誰寫的？怎麼黏這麼緊？字還好醜……」

「你該回去了。我還有好幾個樂章要練……」

「回去？我好不容易才溜出來，我們當然要把握時間。」

「把握時間幹麼？」

「領我的聖誕禮物啊，妳上次答應我的。」

「我哪有答應你？你不要亂——」她的澄清聲明還沒念完，嘴卻冷不防被封住，她努力發出細小的掙扎聲，卻被更強勁的風暴襲捲殆盡。

李致宇聽到這，心中已經有了底，他扯扯余家睿的手臂要他別聽了。但余家睿卻不願走，到目前為止，米芷姍都還沒有明確表達出自己對那個人的感覺，還有機會把那人歸類到她不好意思拒絕的愛慕者。他深深呼吸，期待聽見鋼琴聲會重啟，同時他也決定，待會兒一聽到她拒絕就破門而入。

「要是教官突然來怎麼辦？」從門後異次元消失許久的米芷姍，終於有了消息。

「今天是聖誕活動，教官顧著抓帶違禁品的國中生都抓不完了，才不會來這裡巡邏咧！」

余家睿開始覺得這道男聲很耳熟，但他不想去猜對方是誰，不想將米芷姍的臉跟那個人放在一起聯想。就跟數學題一樣，只要列出算式，答案就能算出來，但對於這件事，他一點不希望自己答對。

「放心，我下學期就要申請大學了，要是出事的話我比妳還怕。」

「可是……」

「好了，我期待這麼久，可以開始拆掉我的禮物了嗎？」

「趙季威，你很色欸！」

米芷姍終究還是說出了答案，沒留給他當鴕鳥的餘地。事已至此，余家睿想就此打住，他毅然決然地離開現場。

傷害發生的當下，余家睿沒太大感覺，只是有幾個小點卻讓他特別糾結：那張卡片黏得太死，到底是不是好事？想起國文老師曾經叫他好好練字，以後大考作文才不會吃虧，他好像真的該考慮一下……

「你還好嗎？」李致宇走在他身邊，很不放心。

「我的字，真的很醜嗎……？」他還在思緒的漩渦裡喃喃自語。

「還好啦……」李致宇難得的詞窮，他故作輕鬆打趣著：「欸，你看我們這樣，算同病相憐嗎？一個老公自殺的寡婦、一個老婆紅杏出牆帶綠帽的老公……」

這話倒是讓余家睿回了神，提醒他，剛才發生的事情究竟是哪裡不對勁、哪裡該傷心——米芷姍，是深深的愛，也是他的老婆。至少他送出去的卡片上，是這麼理所當然稱呼她的。

所以剛才，他的老婆「背叛」他了嗎？

不，也許不只剛才，可能在更久之前就背叛了。

他回溯起米芷姍這陣子對他設下的各道關卡，她不跟國中部的男生交往，她不要他在學校宣稱他們的關係，連在遊戲裡也不准他用「老婆」這稱呼。而上上星期，那群高中生之所以在米芷姍的班級門口阿魯巴趙季威，不是趙季威有多顧人怨，而是他擄獲了眾男孩夢中情人的芳心。甚至可以說，而第一次在電腦教室結下梁子，趙季威就在打米芷姍的主意了，故意動用糾察隊職權取締他們。

原來如此。他終於懂了，趙季威就是那個等級遠遠高於他、輕輕揮落一刀就能秒殺他的大魔王，無論他再努力，他們雙方之間的權力、魅力，永遠都不對等。

一道急促的哨音喚回他們的注意力！

「你們在這裡做什麼？」教官現身在前方不遠處。

這時，冬日的太陽躲到雲層後面了，風輕輕一吹，余家睿覺得自己被施展了一道法術，他化身為一頭泯滅良知的豺狼，目光狡猾而凌厲：「教官，音樂教室那邊……好像有奇怪的聲音。」

第二章

聖誕節過後的冬天最冷

後來發生的事，余家睿不想再去回憶。他拿起桌上的酒淺酌一口，湧上心頭的情緒卻越發波動。

「然後呢？」趙季威追問。

「什麼然後？」他一凜，等等，他剛才恍神時對學長說了什麼？

「你剛說玩那個MUD改變了你一生，是怎麼改變的？」趙季威興味濃厚，對於自己當年涉入的三角關係一無所知。

「哦，也不是什麼驚心動魄的故事，就是在遊戲裡認識了一個女生，讓我從成績墊底開始發奮圖強，通過直升資格考，考上台大、再去唸哈佛……」當酒精混入血液時，余家睿的眼神逐漸渙散。

只不過，用那個女孩交換他現在的人生，值得嗎？

「Yeah……It's always about the girls.」趙季威豁然開朗，認識余家睿的這幾小時以來，他總覺得這小學弟講話雖然客氣，卻好像包著一身刺，就算未來能當同事，他也沒把握能和平共處。直到現在，他終於找到了擊破點。

「Just ONE girl.」余家睿冷冷強調女孩只有一個，他厭倦了打太極，決定主動進攻：「我倒是很好奇，學長你在海德的最後一年，有很多關於你的傳言。」

「哦？你說聖誕節的那件事啊？」趙季威面帶尷尬：「原來當時鬧這麼大，連你小我這麼多屆都知道。」

他怎麼會不知道？當年告密的人就是他。只是他當時太天真，以為校規就是鐵則，以為只要舉發他們，就能將趙季威從米芷姍身旁趕跑。卻沒料到，趙季威是學校裡的明星學生，是隔年全校引頸期盼的大學榜單準男主角，以升學率為名的海德怎麼捨得處分這種學霸？最後，學校連一支小過都沒給趙季威，反倒是米芷姍猝不及防轉校，從此消失在他的生命中。

他為當年那愚蠢的舉動後悔了十五年，直到現在。

余家睿定了定神，他想拿酒杯，卻害怕自己顫抖的雙手會露餡，只好捲起襯衫的袖子：「你跟……那個學姊，當時到底發生了什麼？」

趙季威輕蹙起額頭，他開始對這場對談失去耐性：「這很重要嗎？」

當然重要，他糾結了十五年。

「其實當年的真相是什麼，根本沒人在意，大家都只想聽自己想聽的。知道真相又如何？知道了，那件事就能當作從來沒發生過嗎？」趙季威的聲音鏗鏘有力，他連珠炮似說完，也驚覺自己的失態：「抱歉，我太激動了。」

「是我不對，我不知道這件事是你的地雷。」余家睿淡淡地說，沒想到會引爆趙季威的情緒，他有種初勝的快感。

「不算地雷，只是沒想到會從一個學弟口中聽到這件事，還在這裡……」趙季威啜著酒，有意無意地瞥向舞台一眼，隨後換了比較輕鬆的口吻：「我知道你在考慮其他的 offer，如果你覺得條件不夠好，我可以再試著跟上面溝通看看，但如果你對這工作沒興趣，也不勉強。接下來就不講公事了，好好喝酒、放鬆，這裡的音樂很棒。」

這時，幾位演奏者走上舞台，沒有與台下互動也沒有暖場談話，他們直接奏起爵士樂，迷離而不羈，他們自成一個音樂小宇宙，彷彿在場的賓客都只是亂入了他們交流音樂的聖域。

余家睿在美國，也曾經被朋友帶去爵士酒吧幾次，實在說不上喜歡，覺得聽那種音樂會產生濃烈的孤獨感。

那種感覺，他還不夠熟悉嗎？

「你是爵士樂愛好者？」他問趙季威，但從趙季威沉浸其中的愉悅表情已經看出答案。只有沒體驗過真正寂寞的人，才嚮往爵士樂的氛圍。

他感嘆他們倆是如此不相似，雖然那些相異點從來就沒有對錯，但每當趙季威出現在他面前，彷彿就會自成一套標準答案，逼得他自慚形穢。在高中部的趙季威和國中部的余家睿之間，米芷姍選擇了趙季威；他曾說趙季威很討厭，米芷姍卻覺得他人很好；他在遊戲裡連擁抱「深深的愛」，米芷姍都會拒絕，但在現實生活中米芷姍卻被趙季威吻出了她不為人知的柔媚。從此以後，彷彿趙季威做的一切永遠是對的，而他只能就著這條基準線不斷修正。

趙季威上台大，三年後他也拚了命考上台大。他聽說趙季威去美國唸了常春藤名校，他也不甘示弱，還申請上哈佛。

為什麼那個女孩已經不見了，他還是有源源不絕的焦慮，像隻瘋狗對一條尾巴窮追不捨？

「我不懂爵士，但我是這個演奏家的愛好者。」趙季威意味深長地說。

他們的目光同時轉向舞台，余家睿瞥見一道熟悉的身影。

她為什麼會在這裡？余家睿倒抽一口氣，他轉頭望向趙季威，卻發現趙季威毫不意外米芷姍會出現，只是從容聆聽、嘴角微揚，眼神中還流露著熟悉的自在感……

「你認得她嗎？」趙季威問他。

記憶中瀑布般的長髮已俐落地紮在後腦勺，清秀的眼尾勾出深黑色的煙燻眼妝，全黑長洋裝取代了寬大的制服包覆她的軀體，而那身形也更加成熟……儘管一切如此不同，但她彈鋼琴的態勢仍和當年如出一轍，他一眼就認出她了——是她，他在茫茫人海中尋找了十五年卻杳無音訊的女孩，米芷姍。

「認得。」余家睿目不轉睛，話語卻很苦澀。

可是為什麼，是趙季威先找到她？他曾經很自豪，沒有人比自己更喜歡那個女孩，只要他想做的事，沒有一件做不到，唯獨米芷姍，她總有辦法將這項鐵則變成意外。

「你剛問我那個問題時，我有點驚訝，不過，這大概就是我人生得面對的課題，做再多努力還是不及八卦流言的影響力。」

余家睿沒有再說話，他也不想探問趙季威和米芷姍的關係，他是在什麼時候、透過什麼方法找到她的？他們經歷過了什麼？他當然想知道，但那些問題都不如現在這一刻重要，他現在只想好好看著她、觀察她這麼多年以來的變化，在那些變化中找尋當年記憶中的軌跡，哪怕只是一個枝微末節的小點，只要她還是原來的她，那他這些年所做的一切就不算白費。

演奏告一段落，米芷姍走下舞台，一步步走向他們。她笑著，但那抹笑像陣風輕輕拂過余家睿的耳邊，在趙季威的面前妖嬈降落。

「嘿！」她輕聲打招呼：「今天這麼早？」

余家睿注意到，她白皙的手臂很自然地搭上趙季威的肩膀，顯示他們相當熟識。難道這裡是趙季威每天下班必訪之地？

「我帶了個學弟來。」趙季威笑了笑，沒有一絲不自在，他輕輕回握米芷姍的指尖。

「學弟？」

「他是海德的，說起來也是妳學弟。」

聽見「海德」的瞬間，米芷姍的臉上閃過了不安。余家睿不知道她想起的畫面是什麼，但似乎是會讓她很傷心的事，但他不解的是，如果那段過去讓她痛苦，為什麼現在她會和趙季威有來往？

「嗨！」米芷姍禮貌地招呼余家睿，沒有預設他會是她在那間學校認識的人：「我只唸了半年啦，不用叫我學姊。」

這時，趙季威的手機響起，他看見來電顯示時嘆了口氣，抓著手機起身離開：「你們聊，我接個電話。」

米芷姍目送著趙季威的背影，直到他走到店外，原本的笑容減去了大半。她心事重重，但勉強打起精神，察覺余家睿的啤酒杯乾了：「我幫你再續一杯吧，讓趙季威請客！」

米芷姍快速搶走空酒杯，似乎想避開跟陌生人搭話的尷尬，余家睿卻在她轉身前拉住了她的手。

「妳不記得我了？」

她杏眼圓睜，這才認真打量起余家睿：「抱歉，海德的事情我忘了很多……我們以前認識？」

「認識，但不是在海德。我們是在MUD上認識的，妳記得嗎？」余家睿的語氣無比堅定：「老婆。」

2

夜深。

儘管廚房已經熄火兩個多鐘頭，酒吧後門仍瀰漫著油煙味，排煙口依舊熱烘烘。趙季威盡可能站得離那兒越遠越好，要是那些味道沾上他的西裝，家裡那隻緝毒犬絕對會打破砂鍋問到底。

門從裡面被打開，米芷姍自黑暗中走出，緩步走到趙季威面前，趙季威雙臂攫住她的腰際，給了她一個粗魯的吻。

「要是被人看到怎麼辦？」米芷姍不安地張望四周。

「有人激起我的領域意識。」酒精早已稀釋趙季威的理智，他絲毫不打算放過米芷姍，將她纖弱的身子逼到牆面：「剛我出去講電話，那個學弟跟妳聊了什麼？」

「沒什麼……」

「我不信，他一整晚都在看著妳，還一直問聖誕節那件事……媽的！他一定是想幹妳。」

米芷姍倒抽了半口氣。認識趙季威十五年了，每次聽到這個男人吐出和他儀表不相襯的粗鄙話語，她依然會錯愕。

「你不要這麼誇張，跟別人講話本來就要看著對方啊！而且，當年那件事學校鬧那麼大，他現在又看到我們一起出現，會好奇很正常嘛……」米芷姍安撫著趙季威，同時她又有點錯亂，為什麼會變成她在安慰趙季威？聖誕節事件的最大受害者難道不是她嗎？

「我是男人，我分得出一個男人看妳的眼神是不是有邪念！我剛出去講了十分鐘的電話，你們在裡面有說有笑，妳卻跟我說『沒什麼』，我能信嗎？」

「那你要不要解釋一下，你剛為什麼出去講了十分鐘的電話？難道也沒什麼嗎？」

「還能是什麼？」被踩到痛處的趙季威扭著臉，痛苦坦承：「小的發燒，死都不肯打針，我只好陪他講講話、哄他開心。」

米芷姍沉默了，這是她早就猜到的結果。她沒追問趙季威的故事中未提及的成人角色是誰，因為她心知肚明，那是一個不屬於她的禁區，卻是趙季威的舒適圈，她只能在圈外等著趙季威走出來，一旦趙季威打算躲回裡面，她就奈何不了他。

趙季威像是回過神來，充滿歉意地攬緊米芷姍，雙唇抵著她的頭頂、連吻好幾下，深怕不這麼做她就會從此消失：「對不起，今天晚上沒辦法去妳那裡。」

「我知道。」她一如往昔溫柔理解，卻再也不想隨口說沒關係。

「對了，那個學弟……有問妳我們是什麼關係嗎？」趙季威的眉頭鎖得更深，揣想著任何潛在的危機。

「問了。」米芷姍答得不疾不徐：「我告訴他我的薪水是你付的，他還以為你是這家酒吧的股東呢。這個回答還可以吧，老闆？」

「嚴格說起來，我的確付了妳薪水。」趙季威捧住米芷姍的臉，寵溺地吻上米芷姍的唇，伸手摸一把她的翹臀：「那這樣算職場性騷擾嗎？」

「算，我要去勞工局申訴了。」她說著打趣的話，臉上卻沒有笑容。

「那我只好繼續懲罰妳了……」趙季威沒停手，手探進米芷姍的裙底，才剛入睡的野獸再度甦醒：「今天穿成這樣想勾引誰？」

「你不是要回家照顧小孩？」

「不回家了。我要去妳那邊，好好操妳！」趙季威的鼻尖在米芷姍的胸口貪婪打滾。

米芷姍推開趙季威，她的眼睛裡沒有火花：「別講幹話了，趕快回家，明天酒醒後你會感謝今天的我。」

「是妳要感謝我……」

「我一直都很感謝你，不然怎麼能跟你在一起到現在？」她有些苦澀。

「答應我，絕對不能跟那學弟搞上，知道嗎？」

「怎麼還在講這件事？跟一個學弟吃什麼醋？快點，你的車要跑了！」

趙季威這才心甘情願放開米芷姍，他走出防火巷、搖搖晃晃地上了計程車。等車走遠，米芷姍才走到大馬路上目送，順手點燃一根細菸。

這些年，趙季威讓她獨處的時刻明明很多，可是不知道為什麼，最近每次和趙季威相處後，她就格外渴望清靜。是今晚趙季威粗話說得有點多嗎？但趙季威一直以來都是這樣的，她到現在還習慣不了，是她的問題吧？

米芷姍仰頭，將煙吐向無盡的黑暗中。

「能要一根菸嗎？」一道男聲出現在她身旁。

酒吧附近常有伸手牌，米芷姍早就習慣了，她反射性遞出菸盒和打火機，這才想起來人的聲音好像在哪聽過，遂轉頭一看。

余家睿站在那裡，她發現，當年穿著制服的小男孩已經抽高了許多，高到她得抬起下巴，仰望。

3

余家睿手中的菸已燒掉半支，卻一句話也沒說。米芷姍很焦慮，她無法確定剛才與趙季威所說的話、做的事，余家睿究竟目擊了多少，在海德那年的教訓告訴她，這類疑慮若不盡早解決，肯定後患無窮。

「妳什麼時候開始抽的？」余家睿率先破冰。

「好問題，嗯……」她歪著頭頓了片刻，隨後便將菸灰彈進水溝：「太久，我忘了。」

她只是假裝「認真」回想，實際上是不願去想，這種東西會留在她的生活裡，絕不是因為什麼好事。或者換個說法，打從她離開海德，就再也沒有好事發生過了。

余家睿把下一口菸吸得更深，彷彿在為下一回合的提問能量集氣，吐煙時他撇開頭，小心翼翼不讓煙飄到米芷姍身上。

「我還以為你是乖乖牌，沒想到真的會抽。」米芷姍調侃道。

「生活在紐約，不只是抽菸，什麼都學得會。」他莞爾。

「紐約啊……」米芷姍瞇起眼思索，彷彿他們談到的是銀河裡的某顆星：「茱莉亞音樂學院在那裡，你去過嗎？」

「沒去過，只認識幾個在那裡唸書的朋友。」

可惜，那些人都不是她。

「約過會的女生？」米芷姍揚起嘴角，八卦一下。

「很重要嗎？」

「我只是對茱莉亞音樂學院好奇，畢竟我沒唸過，也沒去過紐約。」菸燒到盡頭，她才想起自己根本沒抽幾口。

「妳呢？妳又是哪間音樂學院畢業的？」他反問。

「嗯……」她一甩瀑布般的秀髮，藏在髮絲的菸味飄出，蓋過了脖子上的香水味，這一刻，她似乎沒這麼討厭自己了：「海德音樂學院。」

「我是要問妳後來唸哪間大學啦！」余家睿說：「我上台北以後有試著找妳，我把每間大學的音樂系都找了一輪，沒找到，還是妳有改名？」

「嗯？找我？」她眉毛一挑：「為什麼？」

「妳後來一直都沒有上線，我那時候每天半夜都偷偷上去等妳，有一晚還被我爸抓到，狠狠揍了我一頓！」

米芷姍忍不住露出笑，原來除了趙季威，那間學校裡還有人會關心她啊，她有些釋懷了。

「所以，妳最後到底去了哪裡？」

「哪裡也沒去，就是回到了台北。」她的眼神空洞：「只是，我沒有成為當年說要成為的那種大人，連個音樂系都沒考上，所以你找不到我是正常的。」

有時候她會希望，在海德的那段日子只是一場惡夢。然而，趙季威的存在總會提醒她，夢還沒結束，連斷定這夢是好是壞的資格都沒有。

「所以妳跟學長是什麼時候在一起的？」

「我不是說了？我跟他不是你想的那種關係……」

「既然不是那種關係，剛才妳在他面前，為什麼不敢承認妳認識我？」

「……我不知道該怎麼解釋我跟你的關係。」她知道余家睿很聰明，這種不是一擊必殺的答案肯定蒙不過他，卻已是她所能組織出的最好回應。

「老公老婆啊。」他單刀直入：「還是妳這樣說他會生氣？」

米芷姍當機了。

她好羞恥，什麼雇傭關係、什麼酒吧股東……這些體面的說法，原來余家睿從未買單過。他在禁區的封鎖線外徘徊了整夜，表面上不著邊際的閒聊，只是為了等待她鬆懈的一刻侵門踏戶。

米芷姍心慌意亂，她想打給趙季威求救，但此刻趙季威正在家裡扮演好爸爸，會接她的電話嗎？該死！

「對不起，我本來不想說。但是，如果有一天你們的事情被發現了，妳會是最辛苦的那個人。」余家睿放緩了口吻。

突如其來的溫柔令她訝異，她看著余家睿一整晚像個鬥士、想方設法找出趙季威的死穴，她以為自己必死無疑了，然而鐮刀落下的那刻，她竟獲得死神的憐憫。

「你會保密嗎……？」她餘悸猶存。

「他已經結婚了，不是我該保密，是妳應該離開他。」

最後一根稻草翩然落下，卻足以擊毀米芷姍。趙季威說得沒錯，這個學弟打從一開始就不懷好意，她怎麼會蠢到在他面前承認這個祕密，還指望他保密？事已至此，她不該再繼續忍受。

「你管太寬了。」米芷姍冷冷說完，轉身就要走。

「他都是像剛剛那樣對妳的嗎？把妳壓在牆壁上，說些貶低妳的話，滿腦子都想著要侵犯妳？」

米芷姍知道自己走不了了，現在她很確定，她跟趙季威剛才所有的互動，都已經被余家睿盡收眼底。

「我再問你一次，剛才看到的事情，你會保密嗎？」她提高音量。

「他看起來一點也不在意妳的感受，繼續在這種關係裡，妳快樂嗎？」

「我快不快樂是我自己的事！」米芷姍噙著眼淚大吼：「你現在給我老老實實回答我，你到底能不能保密？」

「我如果答應妳保密，妳會離開他嗎？」余家睿的雙眼直勾勾盯著她，不像在開玩笑。

「我跟你一點關係也沒有，你為什麼要管這麼多？」

「因為妳是我老婆！」他脫口而出。

「但對我來說，你並不是我的老公。」她設法使自己保持冷靜：「你只是我在遊戲上認識的一個網友，又剛好跟我讀同一間學校，就這樣而已。」

「我知道。」他並沒有被擊垮，但這些話從米芷姍口中說出來時，還是令他不怎麼好受：「我一直都知道。」

看見余家睿臉上流露出失望神情，米芷姍覺得很抱歉。

她想起以前在遊戲裡，余家睿就喜歡把這荒唐的稱謂掛在嘴上，而不諱言地，每當聽見「老婆」這個稱呼，她總是心頭一暖，彷彿真的有個「老公」在保護著她，那種幸福感甚至超越了趙季威的陪伴。可是她同時也很清楚，當最壞的情況發生時，沒有任何人保護得了她，趙季威不能，其他男人不能，余家睿當然也不能。

「所以你真的不需要管我，畢竟這十幾年來，我們都沒有——」

「十五年。」余家睿乾澀的聲音打斷了她。

原來那件事發生已經十五年了，她從來都不想去數算……

米芷姍不懂為什麼余家睿會把數字記得這麼清楚，也不懂他為什麼表情這麼痛苦……是他腦子特別好嗎？還是他同理了她當年受到的委屈？可是，海德的人不都是一群冷酷惡劣的優等生嗎？哪來的同理心？

「你的腦容量應該花在更重要的地方，而不是記這種無聊的小事。」

「妳就是我最重要的事！」他一臉認真，不像在開玩笑：「從十五年前妳離開海德那天開始，我就一直在找妳，想知道妳後來怎麼樣了、過得好不好……我希望妳不要再委屈自己，因為妳值得更好的生活。這對我來說，不是什麼無聊的小事，至少這十五年來我都這樣認為。」

米芷姍一愣，她從沒想過一個學生時代沒說過幾句話的學弟，會對她的人生際遇如此在意：「但你幾乎等於不認識我，你有沒有想過，也許我不值得更好的生活……」

「那不重要！」他急忙打斷：「妳只要知道一件事就好：沒有人不想讓自己老婆幸福。」

米芷姍更困惑了，她忍不住失笑。她實在看不清楚這個男人，早已看穿她活著的姿態有多狼狽，還高舉著足以摧毀她的武器，在她以為自己備受威脅時，他卻用清澈的眼神望著她，吐露純真近乎幼稚的話語。

誰會對遊戲上的配偶關係認真呢？

他如果不是腦子有問題，就是瘋了。米芷姍這麼想。

「謝謝你的用心。」她禮貌微笑，不想再傷害他：「現在很晚，我該走了。」

「我送妳回去——」

「不用了，我就住這附近，你也不要跟過來。」

「那妳能考慮離開趙季威嗎？」

她屏息一瞬，內心千愁萬緒，但她知道自己不能再跟余家睿說那麼多了，她敷衍一笑：「我會考慮的，謝謝你。」

米芷姍頭也不回地走了一段路，她發現余家睿沒有再跟過來，這才覺得有點不真實。他就這樣放過自己了，連電話也沒要？米芷姍有點安心，卻想到日後可能見不到他而有些遺憾。

或許，他真的沒有什麼惡意？

或許，她不該把那間學校畢業的人都想得那麼壞？算了，這很難說。但無論那間學校有沒有好人，至少那個學弟的出現，讓她今天有個不算太壞的收尾。

米芷姍揚起嘴角，踏著輕快的步伐拐進小巷。

4

趙季威從會議室走回自己的辦公室隔間，他鎖了門、拉上窗簾。為了這個上億元的併購案，他已經焦慮好幾個月。不是他不擅長商業併購，只是生技產業的水實在太深，每次協商會議中跳出一個全新的專有名詞，他就得更集中精神釐清，才能站穩腳跟。然而，經過連續三天的馬拉松電話會議，談判依然在原地踏步，他的耐性和精神狀態都來到了臨界點⋯⋯

他拿出手機，想跟米芷姍通個電話平穩心情，不料祕書卻打了內線電話進來。

「總經理，余先生找您。」

他明明千叮嚀萬囑咐過祕書，協商過程任何會讓他抓狂的小事一件都別煩他，更何況是不請自來的陌生訪客，她是聽不懂人話？

「哪位余先生？」他強抑怒火，冷聲問道。

「上禮拜來面試，您當場給offer的那位。」

是他？趙季威一愣。

他想起那天面試時，一開始他們確實相談甚歡，但同時，趙季威也很有自知之明，他知道這間律師事務所在業界的排名不算是頂尖，以余家睿的條件，來這裡工作是有點委屈他，加上後來他們喝酒時，聊得並不算投機，最後余家睿沒回覆offer，趙季威其實不意外。只是，以他對余家睿初步的了解，也覺得余家睿不可能厚著臉皮回頭求他雇用。

難道，他已經被其他公司聘任了，正以對造人的身分來協商？

「他有說來找我做什麼嗎？」

「說是對工作環境有疑慮，想再跟您釐清一下。」

「哼，原來是想提高待遇啊……」趙季威放寬心了。他大概猜到余家睿為何會回來找他，不是每個雇主都願意費神馴服一匹潛力無窮的野馬，特別在是台灣，雇主總喜歡好控制的孩子，鋒芒太露不見得會加分。也許余家睿面試了一輪，終究認清了現實、想回頭找他，但又不想放低身段，因此故作姿態。

不過，比起上週那幾位無趣的面試者，余家睿無庸置疑是這個職位的最佳人選，他現在願意調整心態回頭也好，趙季威打定了主意，只要對方別開出太離譜的價碼就答應吧！

「叫他進來……」話才說出口，趙季威隨即改口：「等等，帶他到我的會客室，跟他說我還在con-call，晚點就到。」

「好的。」

掛斷電話，趙季威仍不死心，從字紙簍裡撈出被他丟棄的面試者資料，再度檢視了一輪，確定他面試過的那些廢物中，沒有任何一個具有利用價值。他嘆了口氣，想找一個溫馴又有想法的夥伴，就這麼難嗎？

※

走到會客室門口，趙季威發現自己的手心居然在冒汗，他恨恨地在西裝褲上抹乾。他從來沒對一個求職者費過這麼多心思，但上次喝酒的經驗讓他產生戒心，在這個氣勢凌人的小學弟面前，趙季威就是不想太順著他的意。

趙季威調整好心態，開了門，余家睿果然沒老老實實地呆坐在沙發上，而是瀏覽著架上的收藏。

「嗨，學長。」余家睿稀鬆平常地打招呼，那聲「學長」喊得像平輩的人名。

無禮的反應也在趙季威的預料中，他不想再傷神，迅速在沙發入座：「我時間不多，說吧，你薪水要多少？」

余家睿從容地入座，勾起不失禮的微笑：「學長，我不明白你的意思。」

「你不是說要釐清幾個工作疑慮，釐清了才願意接下這份工作？」

「是啊。」

「所以不是為了薪水？」趙季威有些不安。

「喔……原來你是這樣理解的。」余家睿覺得有意思，哈哈大笑了起來：「學長，我決定回台灣工作就不會是為了薪水，對我來說，跟什麼人工作、做什麼事才有意義。」

再度猜錯答案，趙季威感到挫敗，他以為自己摸透了余家睿，但現在又成了霧裡看花，他想起上回喝酒，就是這樣的不確定感讓他聊得很不舒服。

「那你還在糾結哪些細節？」趙季威戲謔地反譏：「不會是為了什麼獨立辦公室、落地窗戶、公司配車吧？」

「當然不是。」余家睿一笑：「我只是覺得，我對未來要一起共事的人，也就是學長你，還不夠了解。」

「都一起喝過酒了，還覺得不夠了解啊？」他心裡期盼，希望只是再喝一次酒就能解決的問題。

「就是那天喝酒的時候，我發現學長對我有隱瞞。」

「哦？」他挑挑眉，覺得有趣：「我隱瞞了什麼？」

「那晚在酒吧彈鋼琴的學姊，她跟你的關係。」

趙季威的笑容僵了。他的猜疑果然沒錯，這學弟早就看出他和米芷姍的關係，他謹慎回想，那晚喝酒時究竟是在哪個點露出破綻的……？

「這跟你要不要接受offer有關嗎？」

「有。」余家睿說得理所當然：「第一個原因，學長是我未來的合夥人，我們之間必須建立足夠的信任，前提是我們雙方不能有任何隱瞞。」

「第二個原因？」

「第二個原因，我不希望和未來的合夥人有私人情感糾紛，而我……非常喜歡米芷姍學姊，並且決定追求她。所以我必須確認，米芷姍是不是你的女人。」

趙季威看著余家睿，嘴角不禁上揚了。他終於看清楚，那雙眼底下燃燒的熊熊之火為何而生。這傢伙是衝著米芷姍來的，那晚在酒吧，他就對米芷姍有極大的興趣，只是拚命壓抑著罷了。而現在，余家睿已經發現了他們的關係，便咬著這點來和他直球對決。如果他現在承認自己跟米芷姍的關係，余家睿就等於掌握他的祕密、他的弱點，如果不承認，他就打算光明正大把米芷姍從他身邊奪走。

「我已經有家庭了，米芷姍不是我的女人。」趙季威聳聳肩：「我和她只是非常要好的朋友。」

「哦？」余家睿故作驚訝：「所以，就算以後米芷姍學姊跟我在一起，你也一點都不介意？完全不反對嗎？」

臭小子！趙季威怒火中燒，他不敢相信，這無禮的學弟竟然敢這麼直白地挑釁他！

但轉念一想，這麼多年來他跟米芷姍經歷了多少風風雨雨，她想走的話，早就走了，況且她也不是沒有追求者，但那些雜魚能和他一樣，給得起跟現在相同的生活水準嗎？眼前這個毛剛長齊的小鬼，又有什麼好怕的？反而現在他暴露了自己喜歡米芷姍的弱點，未來可以想想怎麼利用。

「你的私領域，我幹麼要有意見呢？不過我得提醒你，米芷姍很難追，我看過太多失敗的例子了。如果你碰壁、受傷了，不會像個國中生跑來我面前怪東怪西，讓感情影響到工作吧？」他戲謔調侃。

「學長放心吧，這種事從來沒在我身上發生過。」他狡獪一笑：「我說的是失敗的部分。」

如果只是初生之犢的勇氣，趙季威不會如此焦慮，但余家睿傲慢得彷彿那就是真理。

「還有什麼想釐清的嗎？」

「沒有了，謝謝學長。下星期一我會準時來報到的。」余家睿起身，無事一身輕地離開會客室。

門關上的瞬間，趙季威掄起拳頭狠狠打在門板上！他怒火中燒，知道余家睿要的不是舞台，而是一個競技場，若沒殺個你死我活，他不會善罷甘休！

5

米芷姍提著一串衛生紙、手挽著裝滿冷凍食品的購物袋，走到大門口準備掏出門禁卡，剛換夜班的警衛卻先幫她開了門。

「晚安。」警衛如常地對她打招呼。

她點點頭沒說話，正準備進門時，警衛又補了一句：「聽說你們那棟有新住戶要搬來。」

她不在意是誰搬進來，會搬到這個社區的能有什麼好人？不就是跟她一樣苟且偷生、依附在別人資產下的寄生蟲？米芷姍敷衍地應一聲，逕自走向大廳內的電梯，按下十三樓。

這棟大樓距離她工作的酒吧只有十分鐘散步路程，地段上乘、屋齡不到五年，官方數字可容納五百戶，但根據米芷姍的觀察，實際出入的人並不多。大樓內可用坪數少，公設比高，管理費昂貴，只有門禁森嚴、隱密性高的優點，追求CP值的上班族不會考慮，外商公司或主管級人士又嫌太小家子氣，會住這裡的人，多半是負擔得起卻注定要被藏起來的人，例如她。

因此，這棟大樓又有個世人心照不宣的俗稱——「小三房」。一房一廳一衛的格局，適合一名單身女子、偶爾讓男伴來住一宿的生活型態。當初趙季威給米芷姍租下這間房，美其名是怕她下班後單獨搭計程車回家危險，實際上，他只是想找個方便的地點，不想回家面對老婆小孩時，可以就近來過夜。

她回到房裡，才想整理剛添購的日用品，突然手機響起。

「在家？」是趙季威的訊息。

「嗯。」她很快地回訊：「不是說這幾天會很忙？」

「我找到幫手了。好幾天沒見面了，等等去陪妳？」

米芷姍看了下時間，才五點。平常趙季威不會這麼早下班，更不會立刻來找她，會是什麼要緊的事呢？

不到半個小時，趙季威現身在門的後方。

「什麼事？怎麼來得這麼突然？」米芷姍問。

趙季威不發一語，冷著臉推開米芷姍走進來，一雙眼睛像X光似的，從玄關掃視到浴室、衣櫃、床單、小陽台。

「怎麼了？你在找什麼……？」米芷姍走近趙季威，卻冷不防被抱個滿懷，她還來不及高興，就發現趙季威的手指掐痛了她的手臂。趙季威像隻警犬，機敏地嗅著她全身上下是否任何有異常。

又來了！趙季威的疑心病又發作了，她直覺想嘆氣。

「季威，你沒事吧？」

趙季威暫時被眼前的平靜說服，卻不放心地追問：「那個小子有沒有來找妳？」

「誰？」她不解。

「上禮拜我帶去找妳的那個學弟。」

真相大白。

米芷姍終於懂趙季威在糾結什麼了。但礙於這段見不得光的關係，趙季威無法在人前對米芷姍宣示主權，因此，只要有人在他面前稍稍展現對她的興趣，趙季威就會疑神疑鬼。她現在回想，原來那晚趙季威的反應過度不是源自酒精催化。

「哦。」米芷姍恍然：「你為什麼覺得他會來找我？」

「那天喝酒我先走，是他送妳回來的吧？」

「沒有，我自己回來的。」她有點慶幸趙季威問的是這一題，避免了火藥桶引爆的危機。

「真的？」趙季威凝神盯著米芷姍的眼睛，確認她沒說謊，才如釋重負地在沙發上坐下來。

「真的。」米芷姍一笑：「他連電話都沒跟我要，這樣你有比較放心了？」

趙季威一愣，為什麼米芷姍口中的余家睿，跟他剛才所見到的那個人，有這麼多不合理的出入？

「所以那學弟怎麼了？」她試探。

「不重要，妳只要向我保證不會被他拐走就好。」

「我看那學弟乖乖的，不像什麼壞人，你怎麼對他那麼有意見？」

米芷姍尚未把話說完，就被趙季威攬入懷中，她感覺到他全身都在發抖：「妳可以向我保證，無論發生什麼事，都絕不會跟他走嗎？」

「啊？可是我覺得他不會……」

「我要妳保證！」他堅持。

米芷姍無法同理趙季威的恐懼，但她仍努力平息趙季威的疑慮：「好，我保證。」

聽見答案的趙季威終於放寬心，吻上米芷姍的雙唇。他的吻漸漸加重，倒在沙發上親吻，空氣裡充斥著他對她的渴望，米芷姍喜歡這一刻的趙季威，他脆弱、多疑、自信心匱乏……在這種時刻，趙季威不會說出粗野的淫辭穢語，會確認她有哪裡不舒服，就是這些細節給她信念，使她相信在自己趙季威心中，還是獨一無二的。

她在親吻中解開趙季威襯衫的衣扣，趙季威的手機卻不識時務響起，她像不願夢醒的孩子，閉眼更激烈地深吻他，但趙季威卻睜開眼睛推開了她。

「Shit！」趙季威看見來電顯示，不甘心：「我要回去了。」

「不行。」她輕柔地在他耳邊說，搶走他的手機，儘管她知道成功機率很渺茫：「你說要來陪我的。」

「對不起。」他真誠地道歉：「是工作，他們突然說要再來一次協商，如果這次不拿下，可能就沒機會了。我再找時間來陪妳，好嗎？」

米芷姍點點頭，只要不是那個女人瓜分她與趙季威相處的時間，她都願意承受。

臨別時，趙季威給米芷姍一道溫柔的吻，隨後匆匆離去，門開關時颳起的風才吹上她臉頰，趙季威已經消失在走廊。她鎖起門，看見玄關穿衣鏡中的自己，衣衫不整、眼神迷亂、剛被吻過的嘴唇紅腫。

賤女人。她譴責鏡中的倒影。

她習慣這個稱呼了，從很久很久以前。

待在海德的最後一個禮拜，全校每個人都這樣叫她，不當著她的面，但把這三個字用立可白刻寫在她的課桌椅、課本封皮，連書包外殼都不放過。她怎麼用力刷都洗不掉，最後，母親也發現那三個字，跟著學校裡的人一起這樣叫她。

賤女人，趁著聖誕節跟學霸在音樂教室亂搞，褻瀆上帝的賤女人。

賤女人，只會招蜂引蝶，喜歡跑給一堆男生追的賤女人，難怪成績這麼爛。

米芷姍無法反駁這些，但她很清楚，沒人想在寒冬的音樂教室裡脫光光，沒人想躺在硬梆梆的地板上被破處，沒人希望被自己不喜歡的男生追求，當然，也沒人希望自己成績不好。

當年她倉皇逃離，想忘掉在海德發生的一切，遠離賤女人這個身分。後來，趙季威在台北找到她，死纏爛打求她原諒，努力想彌補當年對她的傷害，他一個星期兼五份家教，讓她辭了打工、專心練琴，她卻在考術科的前一天受了傷，被醫生宣告無法彈琴。趙季威仍豢養著她，要她好好養傷，等她手腕恢復得七七八八時，她卻開始懷疑自己。

她沒成為當年想成為的那個人，她一無是處。現在，能在小酒館兼差演奏、在趙季威的關照下衣食無虞，已經是她人生最好的際遇了。

她，從來就沒資格站在舞台上，閃閃發光。

米芷姍覺得該就此打住，再想下去，她可能就會對現狀有更多疑慮，她要找些別的事情來想。

趙季威，為什麼會這麼在意那位學弟呢？

米芷姍回想上週在酒吧的情景，除了那個荒唐的稱謂，還有海德校友的標籤外，她對余家睿的印象並不壞。雖然他是海德的校友，但很神奇地，她不會想把余家睿和海德聯想在一起，她腦中只會浮現ＭＵＤ的遊戲畫面，他當年傻呼呼的求婚情境，逗得她在螢幕前笑很久。那是青春期中，少數幾個她願意回顧的純真片段。

她對余家睿的了解不多，但她很確定，余家睿對自己無害，他一眼就看穿她和趙季威的關係，也許勸她分手有點多事，但如果他真有邪念，早就死咬著這把柄對她需索無度了，絕不可能放過她。

那個人到底對趙季威說了什麼，讓趙季威這麼害怕？

米芷姍正百思不得其解，突然聽見走廊傳出巨響，她開門一看，只見幾名搬運工正在走廊上折返，她才想起稍早警衛說過，這棟大樓有新戶搬遷，只是，她沒想到新住戶會離自己這麼近，跟自己住同一層樓。

走廊上堆滿沙發椅、高級音響、電視機，新住戶帶來的物品陽剛味十足，實在不像是像她這類的女性會選擇的。正當她好奇對方是什麼樣的人時，行李箱滾輪聲從遠至近，一路滑到她面前。

那不是別人，正是她稍早和趙季威談論到的主角。

6

看見余家睿的時候，米芷姍沒有太多情緒，畢竟，稍早還對趙季威說他「看起來乖乖的」的她，現在臉還很腫，已經沒有多餘的心力做更多反應。以往她總是覺得趙季威太過杞人憂天，但現在她終於明白，趙季威對這名學弟的恐懼其來有自。

他怎麼找到這裡來的？

他搬來這裡想做什麼？

他到底是衝著我、還是衝著趙季威來的？

這三個問題，光想就教人不寒而慄。米芷姍只感覺到一股濃濃的惡意自正面襲來，無論他的目的是她還是趙季威，破壞力都足以摧毀他們倆。而現在，趙季威再度從這片修羅場缺席，她只能孤軍奮戰。

「你怎麼會在這裡？」她試圖不帶情緒開口。

「來勸妳。」他雙眼直視著她。

「勸我什麼？」

「離開趙季威，妳上次答應過我要考慮的。」

她倒抽了一口氣，直覺告訴她應該大聲駁斥，但同時她也很清楚，余家睿說出的不只是一句禁語，而是她人生中遲遲未解決的問題。

「你不可以這個樣子。」她嘆氣：「你不能為了叫我離開他，就搬到我家對面，接下來你還想幹麼？每天來敲我房門，敲到我發瘋受不了搬走？」

「我不會那樣對妳，但如果只有那種方法能讓妳離開他——」

「不行！」她大吼：「你到底在想什麼？你憑什麼改變我的生活？你又憑什麼認為我應該聽你的話？」

「妳很清楚你們這樣下去是不會有結果的！」他沙啞的嗓音連珠炮似說著：「妳知道在台灣要離婚有多難嗎？他已經有兩個小孩，就算他想離婚，他太太會放過他嗎？自由的代價值多少錢？五百萬？八百萬？還是一千萬？就算今天數字出來了，他為了跟妳在一起願意付的錢有多少？或者，我很冒昧地問，妳覺得自己在他心中值多少錢？」

「不要說了！」她覺得自己赤裸裸站在雪地上，顫抖到幾乎窒息，雙腿還得硬撐著打直：「就算這樣也是我的選擇，請你不要來干涉我的生活！」

「他一個月給妳多少？」他輕聲地問。

「你怎麼會……？」米芷姍瞪大了眼，這比上回被發現和趙季威有不正常關係更加羞恥，那塊遮羞布抓得再緊，終究還是被一刀劃開，她的無能、她的苟且，一覽無遺。

「對不起，我本來不想那麼直接。」他顯得有些無所適從。

她想起上次余家睿也是這樣，一臉無邪地說出了破壞性的言語，激起一番驚滔駭浪後，又慌張地胡亂道歉，彷彿他真的無意傷害任何人，彷彿剛才的失控只是被惡靈侵占了身軀，與他毫無瓜葛。

但是，他的不安反而讓她強大了起來，那意味著他很在意自己的感受。

「不用道歉了，你不必這麼小心翼翼。」她說：「你是怎麼知道的？」

「這裡一個月租金少說五萬，除了這個還有妳的生活費，那間酒吧每個月的利潤有多少？能付給妳多少？妳如果沒有其他收入來源，不會選擇住在這裡。」

「你真的很聰明。」她既由衷又無奈。

「我如果夠聰明，上次見面就應該說服妳了。」他低下頭，避開她的眼神：「他用錢把妳關在這裡，讓妳沒有選擇、沒有自由。這叫監獄，不是愛情。」

米芷姍沒有說話。

「我知道以你們現在的關係，很難離開他。所以我想告訴妳，我會幫妳，但前提是妳真的願意離開。」

「所以你大費周章，透過打聽或跟蹤發現我住在這裡，再想辦法搬到我家對面，就是為了幫助我離開趙季威？」

「可以這麼說。」

她覺得眼前發生的一切都好荒謬，但她努力讓自己冷靜下來：「我問你一個問題，你誠實回答我好不好？」

「妳問。」

「你的目的到底是什麼？」

「幫助妳。」余家睿想也不想就說。

「那只是手段。」米芷姍很不解，一個簡單的溝通怎麼會如此困難：「我們非親非故，你要我離開趙季威到底想得到什麼？想跟我在一起？還是想搞垮他？」

「妳知道嗎？」他頓了頓：「我其實沒有資格跟妳在一起，我也不會這樣打妳主意。」

又是一句讓她匪夷所思的話。米芷姍困惑，一個從海外留學回國、前途似錦，還讓趙季威極度懼怕的男人，為什麼在她面前會把自己放得這麼低？她究竟誤會了他哪一點？

「那你到底為什麼要這樣？」

為了贖罪。余家睿在心底說。

如果當年，他沒有去向教官告密，聖誕節四腳獸事件沒有傳得滿城風雨，米芷姍就不會轉學，也許她會和趙季威繼續交往，但不會維持太久，也許她很快就改變心意，覺得跟小自己一歲的學弟交朋友也不錯？也許，他能看著米芷姍考上大學、恭喜她，隔年在志願卡上偷偷填上她讀的那所大學，或者，他們讀不同校，只要在同一個城市生活就好。

但再多的「也許」，都只發生在沒有告密的「如果」之後，那是從未發生的平行時空，而現在這個時空裡，只有他帶給她的傷害。

余家睿故作輕鬆，對米芷姍聳聳肩：「因為妳是我老婆啊！」

「我是認真問你……」胸口的火苗再度被點燃，米芷姍試圖忽略那份灼熱，想在理智被燒盡前撲滅源頭。

「我也是認真回答妳。」他一本正經：「妳是我第一個老婆，也是唯一的一個。」

「你不要再這樣叫我了……」她一陣無所適從，避開余家睿的目光轉身想躲回自己的房裡，卻發現自己的衣袖被余家睿從後方拉住。

余家睿的心跳得很快，儘管只是抓著米芷姍的衣物，他還是覺得自己踰矩了。他不知道還能用什麼方法能說服米芷姍，同時，他也擔心如果米芷姍再不接受這些他自己都覺得荒謬的理由，他所犯下的錯就再也沒有轉圜餘地了。

「對不起。」他滿臉通紅，焦急解釋：「我知道聽起來很蠢，但我沒辦法控制自己想對妳好的衝動，我就是希望妳能跟更好的人在一起……當然那個人絕對不是我。妳就當這是……小天使送來的禮物吧，不要再問我為什麼了，好嗎？」

米芷姍愣住了，她不敢相信自己竟然會被這麼瘋癲的話給打動。她看見余家睿全身顫抖著，像在等待最終審判的犯人。

他是真的在乎我吧？否則，他怎麼會如此小心翼翼，彷彿我的一舉一動就是他的全世界？米芷姍試圖從那雙慌亂的眼神中看出端倪，但她對自己的判斷力從來就沒有信心。如果，這不是一艘救生艇，只是一塊浮木呢？她又會被帶向何方？

「告訴我，妳到底想不想離開他？如果妳不想，我現在就可以退租、搬走，還妳平靜的生活。但是，只要妳曾經有過那樣的想法，那怕只有一點點，我也一定會插手到底。」余家睿恢復鎮定，斬釘截鐵地說。

何止一點點？她每天都會想這件事，有時甚至一天得想三次。她必須藉由無法成真的美夢讓自己好過點，否則，被孤獨和罪惡感侵蝕的她將會痛不欲生。

「我當然想離開他。」米芷姍抽回衣袖，說出了真心話：「想過很多次，也試過真的要走，但是……社會是很現實的。」

「沒關係，妳現在有我了。」

「但是我不知道你打算怎麼幫我。」

「這妳不用擔心，我們可以慢慢討論。」余家睿露出溫暖的微笑：「妳好好想一想，如果離開他，妳想過什麼生活？」

所以，他是認真的？

米芷姍驚訝地看著余家睿，直到這一刻她才得知，原來離開趙季威不只是一個希望，還是一個可能被實現的生活目標……就算到頭來，這真的只是一塊浮木，只要能讓她學會游泳、或更靠近另一艘船，都會是有意義的改變。

這時，米芷姍的手機跳出鬧鈴提醒，她看也不看，動手結束掉鈴聲：「好，我來想想。但是有一個條件。」

「嗯？」

「以後，你絕對不能再叫我老婆。」她怕被喊久了，自己就把這種關係當真了：「做得到，我們再來談。做不到，我就告訴趙季威，有個變態搬來我家，每次看見我都叫我老婆。」

「妳好狠。」他莞爾。

「我要準備上班了，你想清楚再回答我。」她說。

望著米芷姍離去的背影，余家睿的心情很複雜。儘管幸福只是比較級，儘管他知道有一天米芷姍一定會對他失望，但在毀滅性的的那一天來臨前，他會帶著米芷姍，離那些會傷害她的人越遠越好，包括他自己。

7

米芷姍坐在琴房，入神地彈奏鋼琴，她閉著雙眼，卻能準確命中琴鍵上該發生的每一個音階。這是她練得最熟的一首樂曲，這些年來，每當她想獨自一人，便會租下琴房關在這無人打擾的空間彈奏此曲，不為比賽、不為表演練習，她只是需要藉由彈奏，回放影響她人生最關鍵的一場比賽。

拉赫曼尼諾夫〈第二號鋼琴協奏曲〉。

十五年前她參加國際大師鋼琴大賽複賽的比賽曲。

當時她剛進海德不久，儘管沉重的課業壓得她喘不過氣，她卻仍犧牲讀書時間苦練琴藝，她做了萬全準備，卻在比賽的前一天，在音樂教室被教官發現搞不正當的男女關係，她惶惶不安搭火車上台北，想裝作什麼事都沒發生；只是，當她走上比賽會場的舞台，一瞥見光滑如鏡的鋼琴側板，就想起那天在音樂教室，相同位置的側板映出一絲不掛的她，她臉上有初嚐禁果的困惑與痛苦，夾雜著被趙季威解放的慾望……

不知羞恥！

她上台時，教官的生猛鞭笞猶言在耳，於是她忘了給評審敬禮，指尖觸及琴鍵時，她背得滾瓜爛熟的譜也忘得一乾二淨，一片兵荒馬亂，只能憑身體的記憶胡亂彈奏，雖完成了曲子卻漏洞百出……最後沒能進入決賽，當然在預料之中。

現實不允許她有第二次機會，事實上她也不想再努力了。她曾傾盡全力、燃燒自己，去爭取她想要的目標，最後卻徒勞無功，如果生命想給她教訓，那她學會的是自己一開始就不該有那些念頭。

只是沒想到時隔多年，竟然有人願意給她第二次機會，讓她對乏善可陳的生活有了截然不同的想像。

如果當時，她沒搞砸人生中最重要的一場比賽，現在會過著什麼樣的生活？也許，從國立大學的音樂系畢業，如果情況允許，再唸個碩士也無妨，至少有個文憑，她求職不會四處碰壁，音樂教室也不會因為學歷不足拒絕雇用她，落得她只能在酒吧做點即興演奏的窘境。

她都超過三十歲了，還有機會擁有不一樣的人生形狀嗎？

手機震動聲打斷即將進入高潮的旋律，米芷姍試圖忽略它，但來電被系統拒絕後，又不死心地再度重啟，米芷姍嘆了口氣，只好停下彈奏動作接起。

「妳在哪裡？」趙季威一如往常，不讓她有先發語的機會。

「外面。」

「店裡的人跟我說，妳這兩天都請假，還把排班數減到一週剩兩天？怎麼回事？」趙季威氣急敗壞。

「我想留給自己多一點時間。」

「妳平常的時間不夠多嗎？」

聽到彼端傳來的那句諷刺，米芷姍知道趙季威是無心的，他原本說話就這麼傷人，但不代表她沒受到傷害。

「不夠。」

「妳還在生我的氣？就因為我上次沒留下來陪妳？」

她倒是忘了這個事，但就算現在趙季威提起，她也一點都不在意了。

「跟這件事沒有關係。」

「我不是跟妳說過我最近很忙？妳要學著獨立一點……」

「我說了沒有關係。」米芷姍對於鬼打牆的對話很絕望，她嘆氣：「你就一點也不好奇，我留給自己時間要做什麼嗎？」

「好，妳說，妳想做什麼？」

「練自己的琴。」

「練琴？妳這是什麼意思？」

「我想找工作，我不能在酒吧彈琴一輩子。」回答這句話時，她手心濕濕熱熱的。

「……我給妳的錢不夠多嗎？妳要多少？」

「不是錢的問題。」她提高了音量。

「既然不是錢的問題，那我不懂妳到底在不滿什麼？」趙季威也失去了耐性：「妳要自己找工作，可以啊！考交響樂團？教琴？演奏？妳去外面晃一圈看看，從國外學音樂回來的人多的是，誰會要一個大學沒畢業、除了鋼琴什麼都不會的人？」

「我知道，所以我才想要改變這些。」

「好啊，那妳說說妳想怎樣改變？再考一次大學？不可能的啦！」

她的確有點難想像，三十幾歲的自己跟一群高中剛畢業的小朋友同窗會是什麼荒謬的情景，但絕對不是「不可能」。至少，比起無止盡的自我厭惡，那是一個相對好的選擇。

「妳看，一講出來也發現自己也做不到了吧？」

「我不是說我一定要重考大學，但我就是覺得不能永遠這樣下去。」

「所以我在問妳啊，What's your plan？還有哪條路能走？國內的大學都考不上了，出國留學就更不用說了吧？」

不知道從何時開始，米芷姍漸漸不喜歡趙季威的講話方式，她說不清那上揚的尾音是就事論事質疑她、還是在幸災樂禍諷刺她？一個深諳人際相處之道、充分社會化的男人，又怎麼會無視親密伴侶的感受，隨口噴出深具殺傷力的話語？還是，她根本稱不上他的親密伴侶？

「你一直是這麼看我的嗎？」她顫抖開口：「我不可能，我做不到，我永遠都不能像你一樣？」

「當我第一天認識妳嗎？妳英文程度怎麼樣，自己清楚，妳要是克服得了這個問題，當時跟我一起在美國的就會是——」

「就會是我，而不是你太太了？」她替趙季威完成這句話：「所以你瞞著我跟別人在美國結婚生子，是我的問題？這就是你的真心話？」

「不是，我們都在一起這麼久了，妳為什麼突然拿這件事出來吵？是誰跟妳說了什麼？我不懂妳到底在不滿什麼？」

不滿什麼？能讓她不滿的事，太多了。

「你什麼時候要離婚？」

「姍，我說過這件事很複雜，我已經在慢慢處理了……妳答應過我妳會等的不是嗎？」

「那等你處理完再來找我吧。」

彼端的趙季威才要咆哮，米芷姍卻漸漸聽不到趙季威的聲音，她老早拿遠了手機，將它想像為一個有生命力的個體，手指緊緊掐住電源鍵，直到它失去光芒，喪失應有的話語權。

※

「您撥的電話已被轉接到語音信箱……」

這句話他今天已經聽二十七次了。趙季威打不通米芷姍的手機，他覺得自己的耐性也差不多到達臨界點。他放棄了撥打，一口喝光杯中的波本威士忌，但這並沒有讓他的焦慮獲得紓解。

今天爵士酒吧沒有鋼琴演奏，喇叭流洩出音樂串流平台上的爵士樂曲，明明是魚目混珠，店內卻沒有任何人為此表達出不滿。趙季威不喜歡這種心照不宣的氣氛，但這一天已令他精疲力竭，他不想再做任何的情緒勞動。

一名男子走到他身旁的座位入座，向吧台點了一杯生啤酒，又熱情地閒聊幾句，顯然是名常客。但趙季威卻覺得荒謬，這間店哪有會點啤酒的熟客？此刻他正心煩意亂，對方的聲線聽著也惱人，趙季威起身想移動座位，卻被那名男子叫住。

「學長！」

趙季威定神一瞧，發現對方居然是余家睿：「你怎麼在這裡？」

「我連來好幾天了，這裡是個好地方，謝謝學長介紹。」余家睿瞄了眼舞台，也注意到鋼琴前沒有人，一時間，他臉上沒有太大的反應。

「她今天好像不在，你是來找她的？」趙季威打消了換座位的念頭，一方面基於禮貌，另一方面，他不想放過能好好觀察這小子的機會。

「倒不是。我今天只是來這裡碰碰運氣，看會不會遇到你。」接過吧台剛打好的啤酒，余家睿迅速喝了一大口，發出享受的低吼，趙季威很討厭別人在喝酒時發出那種聲音，他坐立難安。

「找我？」趙季威一時有些摸不著頭緒：「有什麼事那天還沒談清楚？」

「談得很清楚了。」余家睿沒有將啤酒杯擺回桌墊上，任由杯壁凝結的水滴染上吧台桌面，隨後，他拋出意料之外的答案：「我今天是來跟學長求救的。」

「求救？」

「感情受挫，你說得對，學姊真的很難追。」

原來是這個事啊。趙季威挑挑眉毛，方才的焦慮瞬間緩解大半。他沒想到前幾天還自信爆棚的余家睿，竟會向自己示弱。仔細端詳余家睿，腦子再怎麼靈光，有些事沒在社會上打滾個幾年，終究沒有能耐應對。他按捺著幸災樂禍的快感，表示理解地點點頭，試圖再挖掘出更多的娛樂。

「怎麼了？你做了什麼？她又說了什麼？」

「沒做什麼，就……」關鍵字到了嘴邊，余家睿卻突然話鋒一轉，將話題導回趙季威身上：「你當初跟學姊是怎麼分開的？」

趙季威一陣愕然，「都十幾年前的事了，你問這做什麼？」

「我就是，有點羨慕學長。」余家睿啜飲著酒水，沒有直視他：「羨慕你跟學姊的關係，就算你們沒有在一起，你們之間好像還是有一個別人破壞不了的連結。」

這小子想破壞啊？趙季威內心暗笑。他的防備因余家睿的羨慕而鬆懈下來，甚至覺得米芷姍鬧脾氣也不是個事了，這十幾年他跟米芷姍大吵小吵都沒分過，這次怎麼會撐不下去呢？

「你還在懷疑我們啊？」趙季威笑得很曖昧，但嘴上仍一本正經：「我有家庭了，這種話私下聊聊可以，以後就別在其他人面前說了。」

「你跟太太的關係好嗎？」

「是家人、是責任。」趙季威知道太完美的答案無法說服余家睿，他畢竟目睹過自己跟米芷姍的互動，需要比較現實的說法：「等你結婚就知道了。」

「你有後悔過當初跟學姊分手嗎？」

這次的問題，似乎就沒那麼簡單了。他得好好思考一下，怎麼回答才不會陷自己於不義，又不會給余家睿有利的資訊。

「當然後悔過。只是後悔，人生也不可能重來。」

「所以，你結婚後，從來都沒想過要改變自己現在的生活、讓你跟學姊重來嗎？」

見余家睿丟出這耐人尋味的問題，趙季威的思緒飄回做出「那個決定」的瞬間。

在美國求學的第一年，他謹守著對米芷姍的承諾，連基本的社交活動都完全放棄。然而，美國注重團體合作，他的閉門造車只讓課業壓力更大。那個週末，他開著車在公路上飛速奔馳，竟有一股想衝去投湖自殺的衝動。

在這個瞬間，一通電話成為他的救命索。對象是和他在同一州讀書的學妹，讀的不是名校，趙季威從來都記不清她學校的名字。學妹說週末要去鄰近的國家公園，但現在車子壞了、住宿來不及取消，只能徵求司機和旅伴。趙季威知道這約一赴，絕不只是開開車、郊郊遊這麼簡單，但那一刻，一股奇妙的情緒開始在心中發酵。

他已經花了將近十年的時間，證明自己深愛著米芷姍。而現在這個節骨眼，他不想再做一些看似正直實際上卻很愚蠢的抉擇，他是個男人，一個明明很有魅力的男人，他應該獲得的愛，不該只來自相隔一片太平洋、連考上大學都有困難的女人。

帶著自我補償的心態，趙季威赴了對方的約，一鼓作氣將該做的和不該做的事全都做了。一個月後，對方告訴他懷孕了，基於宗教信仰不願中止妊娠，況且，他們沒人有長期居留身分，畢業後若想留在美國發展，有這個孩子絕非壞事。

那意味著要背叛米芷姍了。

不，他早就背叛她了不是嗎？

推演到這個結論時，趙季威的內心深處竟然鬆了一口氣。他發現自己在乎的從來不是他能給米芷姍多少，而是他能擁有多少。也是因為他想擁有的更多，才始終沒有狠下心讓米芷姍離開他。

「人生是一連串選擇的結果，既然做了選擇，就要承擔後果，你所謂的『重來』是很不負責任的行為。」趙季威幽幽地吐出真心話。

「我懂了。」余家睿點點頭，沒多做評論。

「你呢？」趙季威回過神來，已經蓄足了還擊的力氣：「為什麼喜歡她？什麼時候喜歡她的？」

「在海德的時候就喜歡了。」余家睿回味著：「我在路德堂，看見她用那裡的鋼琴彈一首流行歌，她看起來跟學校其他女生很不一樣，就被電到了。」

他竟不知道米芷姍有這一面。

「沒錯，她是很特別的存在。」趙季威有點不甘心，試圖反駁：「但其實叛逆的行為，其他人也會做，只是表現方式不同。你只是發現她做了一件很酷的事情，不代表你喜歡她吧？」

「為什麼不行呢？」余家睿聳聳肩：「那個畫面對我來說很有意義，我就是在那個時間點，對她有了興趣。到底有什麼問題呢？」

「我覺得這個討論有點沒意義。」趙季威換了個話題：「你剛還沒說，你的愛情遇到了什麼挫折？」

「我覺得，學姊她好像被困在一個狀態裡無法動彈，我想幫助她逃脫。」

好樣的。剛剛是「破壞」，現在又是「逃脫」。

趙季威啼笑皆非，這小學弟的小宇宙裡到底住了什麼模樣的假想敵？

「你有沒有想過，她之所以無法動彈，就是因為她需要那個狀態？而不是無法逃脫？」他輕揚嘴角，主導權似乎又回到他身上了。

「一開始我也是這樣想，不過現在我很確定了，她一定要走。」余家睿一口喝光杯中的啤酒，表情嚴肅：「因為那個對象，並不打算改變自己的生活、跟她『重來』。」

見余家睿拿他剛才的話打臉他，趙季威再度感受到第一次喝酒時見識到的威脅性。剛才的示弱是假的、天真愚蠢也是裝的，小伙子真正的目的，是從他身上套出情報。而他在酒酣耳熱、得意忘形之際，洩露太多真實的自己。

「你有沒有想過，這很可能都是你一廂情願的想法？還是，她有親口對你透露過什麼？說她想離開……那個狀態？」他不甘心，試著力挽狂瀾。

「呃。」余家睿一臉為難：「我會問這些問題，是以為你們交情好。但看起來學姊沒對你提過這些事，那我也不方便透露這麼多……不好意思，沒想到你們沒那麼熟。」

「我差不多也該走了，我太太和小孩還在家等我。」趙季威鄙視任何在戰鬥中逃走的人，但既然這場戰鬥是不請自來的小人突襲，他當然有資格不認帳。何況，他今天的忍耐早已到達極限：「我請客吧！」

「學長，你對於那年聖誕節做的事，曾經後悔過嗎？」

余家睿的這記回馬槍，才讓趙季威真相大白。原來，前面那些令他摸不著頭緒的問題，都是為了使出這招大絕暖身。他知道此時此刻任何回答都不是必要的，因為問問題的人早已達成他的目的——羞辱他。

趙季威裝作沒聽到，他一邊走出酒吧、一邊掏出手機，盤算著要是電話再打不通，就要直接去米芷姍的住處找人，卻陰錯陽差接到妻子的來電，他只能先將滿肚子的怒氣壓抑下來，打道回府。

8

房裡散落著盤根錯節的電線，二十台伺服器主機井然有序地佇立在不鏽鋼架上。余家睿的身體裡還殘留一些酒意，但這不影響他處理眼前的事物。插完最後一條線路，按下了啟動鈕，不一會兒，主機風扇嗡嗡旋起，伴隨著細微的「嗶」聲，燈號閃出令人安心的螢光綠……他嘴角微揚，知道那個無法以肉眼看見的虛擬世界已經甦醒過來。

余家睿回過神來，驚覺時間已近深夜，但他一絲疲憊也沒有。他坐到桌前，在筆電上輸入早已他倒背如流的IP位址。

歡迎光臨，這場征戰已經持續了0小時0分3秒。

目前線上共有0位冒險者。

輸入完帳號密碼，余家睿順利登入了MUD的遊戲世界，他回到冒險者之家，這是所有使用者的起點，以往巔峰時刻他總會在這看到幾十名玩家來來去去，現在卻空無一人，只有NPC靜靜佇立著，永遠帶著誠摯的微笑接待下一個連線進入這世界的玩家。

以前余家睿重度成癮時，一天不上來晃晃都渾身發癢，但升上高中以後，他一心想著要考上大學去台北找米芷姍，便拚命K書，上線頻率從每週一次、每月一次，到不可思議的兩個月一次……高三大考前夕，他甚至連頻率都沒了，只有唸書特別煩的幾個夜晚會上來打打怪，當作調劑。等他上大學後，圖像化遊戲已經鯨吞了整個市場，文字敘述再妙筆生花，又怎麼贏得了刺激的聲光效果？遊戲上的玩家逐漸流失，大神們也不再更新等級上限，留在這裡的只剩些不練功的老玩家，他們每天上線就是發發呆、打屁聊天，黏著住他們的早已不是冒險體驗，是一股情懷。

而呼喚余家睿上線的，是一個和他綁定了十五年的帳號，也是他每次進遊戲會輸入的第一個指令。

姓名：深深的愛　　　　　上次連線：Wed Dec 22 19:35:28 1999

玩家不在線上時，無法顯示對方的角色性別、職業、配偶，但會精確記錄最後一次上線的時間和日期，余家睿對這個時間點再清楚不過，是那年海德聖誕活動的前夕，也是余家睿到音樂教室送卡片的前一晚。

也就是說，在那件事情發生後，米芷姍就沒有再上線了。

余家睿不知道她不上線跟那件事到底有沒有關係，也許是她和遊戲上的其他朋友吵了一架，也許她本來就覺得這遊戲很無聊，又或者……她經歷了一個巨大的悲傷，大到連MUD這個休閒娛樂都無法再使她快樂起來。

而那個悲傷，是他一手造成的。

小嫻給了你一個火辣辣的深吻，嗯～～～啊！

螢幕突然跳出了這則顯眼的社交指令，硬生生地把余家睿從懊悔中拽出。余家睿忍住呼之欲出的髒話，馬上還以顏色。

你狠狠踹了小嫻的屁屁，帥呀！正中目標。

你很不屑地在小嫻的身上吐口水。

小嫻看著你，驚訝得喘不過氣來。

小嫻拉著你的衣角，對你哭哭啼啼。

小嫻對你痛苦呻吟著。

余家睿原本想再還擊，但他懶得想社交指令了，正想拿手機打電話去罵人，沒想到，手機也在這時響起，是李致宇的來電。

「你好無情，為什麼拒絕我……」李致宇怪腔怪調地埋怨。

「都有老婆小孩了，能不能節制點？」余家睿白眼差點翻到後腦勺。

「我平常都很節制好不好！每天看診的空檔上來抒發工作跟育兒的壓力是我唯一的娛樂耶！」李致宇恢復平時說話的語調，興致勃勃追問：「機房搞定了？」

「不然你怎麼連得上？」余家睿更想翻白眼，打從李致宇考上醫學系的那天起，他就嚴重懷疑國家的大學考試制度出了問題，成天就問些淺顯易懂的邏輯問題，現在李致宇當了醫生，他更替某群人擔憂：「你的病人都健在嗎？」

「不要烏鴉嘴！我的意思是，那傢伙真的願意把整個遊戲賣給你？」

「嗯。」

「幹！太帥了！你竟然買了我們小時候玩的遊戲，你簡直就像擁有五顆寶石的薩諾斯一樣屌耶！」

「最好是啦！」

余家睿去美國留學那幾年，智慧型手機掀起手遊狂潮，將主機遊戲市場狠狠輾壓，至於MUD這種撥接時代產物就更冷清了，直到上個月，遊戲的創造者無預警發了篇公告，揚言在月底關閉機台永不開放，余家睿二話不說，立刻聯繫對方，說他願意花錢「斗內」，只要遊戲能繼續運作下去。大神無奈地據實以告，他現在已經成家，被家庭佔據大半時間，實在沒那種閒工夫維護遊戲了，余家睿竟然有了個大膽的想法——反正遊戲又不更新了，那他自己維護不就行了？

余家睿給大神非常誘人的提議，他會租一間機房，至少每週進行一次簡單的系統維護，定期請專業人士檢查。他不更動遊戲中的一字一句，只有當玩家申訴違規時進行適當的處分，但條件是必須獲得完整的經營所有權。為了達成協議，余家睿付出的權利金雖然不是什麼大數目，但以這種毫無商業價值的上古時代遊戲來說，已經是極其瘋狂的價碼了。

然而，這並不是他最瘋狂的行徑，為了維護機房運作，他決定放棄在美國的工作簽證回到台灣，就是為了死守這台伺服器——那是他和米芷姍唯一的連結。

但余家睿沒料想到的是，當他一邊安置機房，一邊意興闌珊找著工作時，命運將米芷姍帶到了他的面前，連他都覺得意外。

「但我說真的，如果她會上線這十五年早就上來了，你現在把整個MUD買下來她也不會上來啊……」

「我已經遇到她了。」余家睿打斷了李致宇。

李致宇一愣：「等等，我們現在說的是同一件事嗎？你說你遇到那個學姊了？」

「我現在是她鄰居。」

「啊？？？！！！」李致宇的驚呼聲簡直要貫破他的耳膜。

余家睿將所有的事一五一十告訴了李致宇，在李致宇發出第二次驚呼前，洞燭先機地將話筒拿得老遠。

「太誇張了吧！！！」

嗯，他錯估李致宇的聲量，耳膜還是受到不小的傷害。

「我也很意外，但至少她出現了，否則不知道還要等多久。」

「不不不，我是說，認識你這麼久我現在才知道，原來你是超級大變態？」李致宇不給面子地吐槽：「簡單來說，現在就是你發現她有男朋友了，你為了方便死會活標，所以乾脆直接搬到她家對面？這才叫做，太～誇～張～了！」

「第一，我不是變態。第二，趙季威不是她男朋友，那是一段不正常的關係。還有，我沒打算死會活標，我只是想幫助她離開這種不正常的關係，讓她過原本想過的生活。就這樣而已。」做完所有澄清，余家睿突然不解自己怎麼能不厭其煩擔任這傢伙的好友近二十年？重點怎麼能劃得這麼歪？

「所以咧？你就像個聖人一樣幫助她，等她再也不是那個人渣的性奴，過著她想過的生活，你就要拍拍屁股走人，也絕對不會把她當作性奴？甘阿捏？」

「什麼性奴？你嘴巴放乾淨點！」

「OK，她不是性奴，但她被包養是事實吧？你要怎麼把她救出火坑？你不是出錢包養她，就是要拿一筆錢讓她開店創業，讓她學會養活自己，你橫豎都會破財你知道嗎？」

「她不是你說的那種人。」余家睿皺眉。

「這十五年來你根本沒和她相處過，你對她了解多少？她是缺了手還是斷了腳，連去便利超商打工賺錢都沒辦法？非得要靠男人養？她要是真的能夠自力更生，就不會輪得到你現在出手救她！」

「李致宇，你敢再說一句我老婆的壞話，我就……」

「就怎樣？」

「我就關掉伺服器，讓你斷網一個月。」

「別！」一聽到心愛的遊戲會斷網，前一秒氣燄高漲的李致宇，這下突然沒了底氣：「哥，我錯了！你你……你都花了這麼多錢買下遊戲了，維繫機房也要成本，你就算想幫她，也要量力而為，不要衝動嘛……」

「你會不會轉太硬？」余家睿忍不住笑出來。

這時，余家睿突然聽到門鈴聲響起，他湊到眼孔一瞧，米芷姍就在那個小世界裡。對於兩人間分際那麼謹慎的米芷姍，怎麼會在這種時間登門拜訪？他直覺不太對勁。

「我再打給你，掰！」不等李致宇回話，余家睿直接結束通話。臨門前，他在玄關撥整頭髮，確定自己不會邋遢得嚇暈米芷姍。

「嗨。」

「新鄰居，家裡整理得怎樣了？我請你吃大餐。」米芷姍口吻雖輕鬆，臉上卻沒有笑容。

余家睿先是被米芷姍反常的態度嚇到，隨後又注意到她眼角凌亂模糊的妝容，他好奇她剛剛究竟發生了什麼：「現在？妳沒事吧？」

「不餓嗎？不然買東西也可以，走，我們去逛街，要什麼我買給你。」米芷姍沒正面回答，卻透露出更強烈的偏執。

「已經要十二點了，妳臉色看起來很不太好，要不要休息一下？」

「那就明天早上，百貨公司一開我們就去。我就想花他的錢、刷爆他的卡！」她冷冷地說：「你說過，只要我想做的事，無論如何都會幫我。我現在叫你幫我花錢，不做嗎？」

「我家東西還一堆呢，再買房間就爆炸了。但妳想花錢的話，我倒是有個不錯的主意。」余家睿說。

9

這是間坐落在豪宅大廈對街的小麵攤。

深夜還開著的小麵攤沒有招牌，只有兩個鋼架撐起簡單的遮雨棚，菜單上寫著可預期的幾樣麵點。然而，看似毫不起眼的攤子前，竟停了五、六輛計程車，幾名計程車司機正在享用上工前的晚餐。

「這間妳推薦吃什麼？」余家睿看著牆上的菜單，興致勃勃。

「我沒來過。」米芷姍眼神冰冷。

「沒來過？妳住這麼近耶！」

「剛好無緣吧。」

其實她每天都看見這裡炊煙裊裊，也曾有過想光顧的衝動。然而，一來趙季威總說路邊攤很髒，二來趙季威覺得和米芷姍一起拋頭露面不方便，久而久之，米芷姍就算獨自一人經過，也不再有想上門的念頭。

但她很意外，余家睿竟然對這個小攤子有興趣。

「你帶我來這裡到底要做什麼？」

「妳不是想花錢嗎？我跟妳說，最有滿足感又花最少錢的方式，就是在麵攤點滷菜了，可以亂買到讓妳有財富自由的錯覺！」余家睿咧開嘴笑，他一口氣夾了好幾樣滷菜，把不鏽鋼夾遞給她：「妳要吃什麼決定好了嗎？」

儘管余家睿夾的滷菜已經超過兩人分量，但她還是再夾了兩樣。余家睿還毫無節制地再叫兩碗麵，米芷姍沒制止他，她的確從深具自主性的選擇中獲得滿足。

「你怎麼會選這裡，不怕髒？」

「這很乾淨了吧？我去當背包客時看過更髒的。」他微彎的雙眼打量著四周：「直覺告訴我，看起來越髒的店通常越好吃！」

餐點上桌，她習慣性地抽出兩雙筷子，才想起跟自己用餐的不是趙季威，但也來不及收回了，只好丟在余家睿面前，自己拆開筷子，撩起頭髮吃麵。

余家睿看著眼熟的動作，突然笑了出來：「妳吃東西還是跟以前一樣。」

「以前？」

「對啊，我們以前有吃過一次飯喔！在海德的學生餐廳，那天妳遲到，還送我一罐飲料。」

經他這麼一說，米芷姍的記憶才逐漸清晰。那天，她正要赴約，人都已經走到學生餐廳門口，王品雯卻氣呼呼地攔住她，質問她怎麼能搶走司琴的位置，她不想多解釋，王品雯卻不肯罷休，夥同其他女同學一起辱罵她，她驚慌失措，直到趙季威路過拯救她。

那一刻，是她和趙季威愛情的起點，但是現在回首望去，卻發現那只是錯誤的開始，錯得離譜。

「你記性真好。」她視線低垂。

「跟妳有關的事，我都不會忘記。」他才脫口而出，發現米芷姍似乎嚇了一跳，趕緊改口：「我的意思是，之前我讀過一篇文章，說人在青春期的時候，因為前額葉皮質尚未發育完全，這段期間產生的情緒，會覺得像一輩子那麼長。青春期所感受到的快樂，就像會持續一輩子，長大後也不會忘記那種感覺，所以很多懷舊青春題材才這麼受歡迎。」

「快樂像一輩子，痛苦，也會像一輩子吧……？」

儘管米芷姍只是喃喃自語，余家睿還是一字不漏地聽進去了。懸掛在遮雨棚下的鎢絲燈打亮她臉龐，當「痛苦」兩個字從她口中竄出時，她表情沒有一絲扭曲，嘴角甚至還輕輕揚起，這般雲淡風清，卻令余家睿胸口更疼。

余家睿不敢再直視，他匆匆環顧四周：「這裡有啤酒，喝嗎？」

「好呀。」米芷姍點點頭。

余家睿轉身跟老闆要來兩個杯子，才把酒倒滿杯子，他隨意碰了米芷姍的酒杯，便急忙仰頭乾了它。

「我都還沒喝咧。」米芷姍被他的魯莽逗笑：「看來有心事的是你喔！」

他不是想藉由喝酒來讓米芷姍閉嘴，是他需要麻痺自己的良知，才能坦然聆聽自己曾經鑄下的錯誤。

「天氣熱……」他心不在焉地別開臉，耳根卻通紅。

「那你還選這種沒冷氣的地方！傻傻的。」米芷姍怪笑瞄了他一眼，也乾了自己的那杯。

不知是因為米芷姍的笑容，還是她的吐槽，他感覺好多了，他是不是有受虐傾向？

米芷姍拿起酒瓶，立刻將空杯續滿：「有件事我要跟你道歉。」

「什麼事？」

「跟你約吃飯那天，我被班上同學攔住，她們問我要跟誰吃飯，我不想說，直到她們走了才敢過去找你。我也不知道自己那時在想什麼，可能是覺得……被看到我在學校跟低年級的男生來往，有點丟臉。」她面帶歉意，吐了吐舌頭：「很幼稚吧？」

「所以妳才會跟學長在一起？」他壓抑著痛苦。

霎時，米芷姍的眼神流露出迷惘，但她也不想再沉溺，索性若無其事地舉杯：「來！喝完這杯，我們把當年所有的錯誤一筆勾銷，做個更好的人！」

真的……能夠一筆勾銷嗎？

余家睿很遲疑。

「乾杯喔！」不顧他反應，米芷姍已率先敲擊他的酒杯，豪氣喝乾。

余家順從地喝了這杯酒，鼓足勇氣開口：「所以，妳還是離不開他嗎？」

「嗯？」酒精似乎讓米芷姍更放鬆，她撐著下巴，眼神流露慵懶。

「妳剛跟趙季威吵架了吧？我不懂，為什麼妳寧可刷爆他的卡，讓他看帳單心痛，卻還是不想離開他？」

她撥弄著長髮，看似漫不經心：「我欠他很多。」

「除了錢還欠他什麼？」

「呵，你說得好像賺錢是一件很容易的事……」米芷姍一笑：「也對，你們這些名校畢業的資優生……」

「術業有專攻，妳琴彈得很好。」

「拿不到第一，就是不夠好。」她喝乾杯中的酒：「再說除了彈琴，我什麼都不會，是完全不會喔！別說是唸書了，連自己煮飯、開車都不行呢……」

余家睿倍感寒涼。

「聖誕節的那件事發生以後，我比賽沒得名。到現在，我都還是常練那次的比賽曲，反覆檢查，我哪一段彈錯了？我不夠努力嗎？我疏忽了什麼？每一種可能都想過了，就是找不到答案……最後，我只能把這一切，怪罪到聖誕節的那件事了。」

聖誕節的那件事。

余家睿倒抽了一口氣，他如坐針氈。

「如果世界上有鋼琴之神，那我，大概是因為當年在音樂教室裡做了見不得人的事，才終其一生被懲罰，提醒我永遠不能忘記這個教訓。」

米芷姍的字字句句宛若細針扎心、拳拳到肉，令余家睿幾乎要窒息，但他知道這是自己該受的凌遲，沒有資格逃跑。

「……這跟妳離不開趙季威有關係嗎？」他艱難地擠出這個問句。

「他覺得那件事他有責任，想補償我。你大概很難想像，一個剛上大學的男生，放棄所有社交活動每週兼五份家教，把所有賺來的錢拿去替我請鋼琴名師，還租琴房讓我練琴，甚至提供我的生活所需。」

余家睿面紅耳赤。

這麼多年來，趙季威努力想填補起當年那個洞，而他自己卻毫無作為。如果這也是一場競賽，他這回合又輸給了趙季威。

「可是呢，我上不了大學、考不進交響樂團，連鋼琴大賽都贏不過別人，連我也感覺，自己逐漸在退步……後來，我也不敢再去比賽了，只能繼續賴著他，當他人生的吸血蟲，他對我做任何事、貶低我，我都沒有資格怪他。這是我欠你學長的。」她點燃一根菸，打趣說道：「你那天說要幫我離開他，沒想到我是這麼糟糕的人吧？」

「妳一點也不糟糕。」糟糕的是造就一切悲劇的他自己。

「你不用處處安慰我，我自己知道……」

「我沒有！」他斬釘截鐵地打斷她：「答應過妳的事情，我一定會做到。」

「你突然這麼認真，我會怕耶。」米芷姍輕拍余家睿的頭，笑著輕嘆一口氣：「你能怎麼幫我？給我包吃？包住？……那就是養我了耶，行不通的……」

「為什麼他能養妳，我就不行？」察覺米芷姍正輕輕將他往外推，他憤恨不平。

米芷姍有些驚訝，從余家睿提出這個荒謬的想法開始，她就隱約察覺這學弟是認真的，這讓她更加小心翼翼，避重就輕。但直到他情緒爆裂的這一刻，她才發現自己不該姑息他的認真，他比她想的還要敏銳、執著，不是幾句客套話就能敷衍過去的。

她輕輕嘆息，決定誠實告知：「學弟，真的很謝謝你，但你的心意太貴重了，我不能收。而且，你學長已經給我太多了，我不能突然跟他說聲掰掰，拍拍屁股就走人。那樣，我就會變成一個更糟糕的人，我會更討厭我自己……」

儘管米芷姍說的這些問題對他而言不算什麼，他也絕不認為她很糟糕，但米芷姍心意已決，不容他置喙。

余家睿不再說話，他舉起酒瓶，一口飲盡所有的酒水。他全身燥熱起來，不因為酒精奏效，而是他腦中正在構築的想法。為了她，他曾經變得很勇敢、很狡猾，甚至很邪惡。但這次，他想成為一個善良的人，只要是阻礙他善待她的人事物，他都會不計代價消滅它們。

既然離開趙季威會讓她有罪惡感，那麼，就設法讓趙季威離開她吧！如此一來，他就能彌補當年自己犯下的錯誤了。余家睿這麼說服自己。

第三章

長達十五年的初戀

1

趙季威知道自己看人的眼光一向精準，但余家睿的工作表現，還是超乎出了他的預期。

On board不到一週，余家睿就漂亮解決了他纏鬥數月的跨國併購案，他們明明都對生技專業很陌生，但無論是吸收力和反應，余家睿就是令他望塵莫及。不過，真正能結案的最大主因，是余家睿的細膩，他很少看到有年輕律師如此敏銳，或者說，深具同理心，那項優勢來自他的人格特質，不是任何人能輕易取代的。

其實，面試余家睿的那天，趙季威就知道雇用余家睿是一筆非常划算的交易。而幾天共事下來，余家睿公私分明、極其專業，與前幾次見面對他嗆聲的小伙子判若兩人，儘管他們有時看法不同，也都就事論事，從未感覺余家睿夾帶了什麼私人情感。

不過，余家睿表現得越完美，趙季威的芥蒂就越深。他很清楚，在工作場合發生的一切，都只是余家睿的表演，包藏在聰明腦袋裡的心思，深不可測。但這不是趙季威現在想糾結的問題，他知道自己上週說的幾句話刺傷了米芷姍，那時正焦頭爛額，無暇照顧她的心情，現在終於可以喘口氣，好好道個歉了。他想起之前米芷姍提到想泡溫泉，也許晚點可以開車帶她上陽明山渡個小假。

趙季威拿起手機，思量著該怎麼起草這則破冰訊息，余家睿卻走進他辦公室。

「什麼事？」

「有個跨國專利侵權訴訟案，委託人是我在美國的同學，學長有興趣嗎？」

「不錯嘛，一結案立刻又叼了案子過來。」趙季威嘴角微揚。

「主要是我想幫他解決問題，他換了幾個律所都不滿意，我是覺得以學長的專業，拿下這案子沒問題，你有興趣的話我們聊一下。」

「我下午休假，明天聊吧！」他起身，動手將領帶鬆開了些。

「OK。」余家睿察覺了這些細微的動作，隨口一問：「要跟家人出去啊？」

「嗯。」他先隨口應了一聲，接著又很不安，擔心余家睿早就看穿了什麼，便若無其事地反問：「上次你向我求救的，要追米芷姍的那件事，後來怎麼樣了？」

余家睿臉一動，最後拋出的反應竟是不解：「學姊沒跟你說嗎？」

趙季威耐著性子，微笑應對：「我是個有家庭的人，跟前女友不常聯絡，很正常吧？」

「也是齁。」余家睿抓抓頭，像個情竇初開的國中生，卻投出令趙季威無法招架的震撼彈：「其實，我現在住在她家隔壁。」

「什麼？」趙季威以為自己聽錯了。

「其實說來也巧，我回國後一直找不到適合的住處，知道學姊住在那個社區，我看了覺得那邊的屋況很理想，雖然有點爆預算，但我想多認識學姊一點，就決定租下來了。前幾天我還約了她一起去吃晚餐，雖然僅止於此，但我想這是很好的開始……」

趙季威一聽頓時心中怒火燎原，但他慶幸「僅止於此」那四個字有被說出口，否則他說不好自己的拳頭會在哪落下。

「好了。」他用僅存的稀薄理智逼自己離場：「不用告訴我這麼多，我要走了。」

「啊，學長那個訴訟案，你今晚有時間的話，我拉我同學一起視訊？」余家睿還沒放過他。

「你理解力有問題嗎？」他失去耐性提高音量：「我剛說了，明天！」

抛下這句話，趙季威抓起公事包悻悻然地離去。他知道余家睿思慮周全，正常發揮起來是彬彬有禮，這種前後矛盾的漏洞絕不會犯，他只是在挑釁自己，想看被激怒的自己！太可惡了，但讓他理智斷線的，是米芷姍的隱瞞！他不敢相信，這麼嚴重的事米芷姍竟對他隻字未提，以前就算他們冷戰，她也從來不敢這麼大膽，而不久前，她明明信誓旦旦向他保證過，絕對不會跟這小子有任何牽扯的。

他要去問清楚到底怎麼一回事！

2

在哪？為什麼不接電話？　pm12:39

我現在過去找妳。　pm12:42

為什麼不在家？　pm13:50

看到趙季威的訊息時，已經是下午三點，米芷姍結束在琴房的練習，未接來電和未讀訊息擠滿她的螢幕。

米芷姍深深吸了口氣，這些負面情緒確實令她窒息，但轉念一想，這麼多年來每次冷戰，哪一次她不是咬著牙、強顏歡笑逼自己挺過去？憑什麼這一次她就做不到呢？更何況現在她已不是孤軍奮戰，至少，她有一塊浮木。

米芷姍整理好情緒，回撥了電話。電話隔了很久才接聽，她正打算掛掉時，電話通了，卻沒有聲音。

「我剛練琴，手機開靜音，你等我一下，我馬上回去。」她以為趙季威在生悶氣，隨口說。

「好久不見啊，米芷姍。」彼端說話的是女人。

米芷姍倒抽了一口氣，直覺該掛掉電話，但她剛才已經暴露了太多訊息，對方不僅知道她是誰，也知道她和這支手機主人的關係，更糟糕的推理是，對方極有可能就在她家蒐證。

她的腦子一片亂，一邊撿拾能為自己辯護的邏輯，一邊倉促回想家中所有的擺設，思索著那裡是否遺留了會讓趙季威吃上官司的物證……幸好上次跟趙季威見的那一面太過倉促，沒製造出足以定她罪的證據，但她該如何解釋，這間房子的承租人不是她自己而是趙季威……？

「怎麼不說話？妳認不得我的聲音啊？」

她當然認得。即使相隔十五年，這個充滿諷刺口吻和刺耳的高音頻女聲，如烙印般深植她的記憶，永遠無法遺忘。她對於這個人的恐懼，時至今日偶然想起都會不寒而慄。

「……王品雯。」她開口，喊出那個好久不見的名字。

「妳行嘛妳，在海德待不到半年，就能跟我的趙季威牽扯十幾年，他還像個火山孝子，每個月吐給妳一堆私房錢！妳吃他的用他的，有沒有想到他家還有我、還有兩個小孩？」

「抱歉。」

「我真的不懂欸，為什麼從高中到現在，我的東西妳都要跟我搶？搶我的司琴、搶我的比賽資格，現在長大了，怎麼連我老公妳都搶著睡！」

「妳夠了沒？手機還我……」彼端傳來一片撞擊雜音，趙季威終於搶回了話語權，匆匆收尾：「妳先不要回來，這邊我處理！」

米芷姍來不及反應，趙季威就掛斷電話了。

她愣愣地坐在琴椅上，還在消化著剛才發生的一切，這時外頭傳來敲門聲。她去應門，發現預約下一個時段的男學生站在門口，似乎等了好一會兒才不好意思地敲門，米芷姍一邊收琴譜，一邊道著歉走出琴房。

門關上的瞬間，她才想起自己被交代不能回去。

那麼，她還能去哪裡呢？

※

坐在辦公室裡，余家睿心神十分不寧，他死盯著手機螢幕，深怕一個閃神就會錯過重要的來電。

在他沙盤推演的劇本裡，有一通求救電話應該會出現，但他的手機鈴聲遲遲未響。他知道要讓子彈飛一會兒，但根據他過往的經驗，子彈若不立刻見血，最後身受重傷的總會是他不想傷害的人。

他雙手交握，焦急祈禱著，這次他已經比上次成熟、思慮也更加周全，無論會傷害到誰，千萬、千萬、千萬，不能是她……

手機在這時響起，米芷姍打來了。他鬆了一口氣，只要米芷姍願意聯絡他就夠了，他就能帶她平安脫險。

「喂？」他接起電話，祈禱一切都照原計畫走。

「你在上班嗎……？」她的聲音聽起來像在哭。

子彈見血了。

余家睿屏住氣息，努力保持鎮定：「妳怎麼了？」

「我現在……沒……辦法……回家。」她的語句在幾個不尋常的地方停頓，似乎在壓抑著激動的情緒，囁嚅著：「你下班後，方便去我家，幫我看一下嗎……？」

「發生什麼事了？妳有沒有怎麼樣？」

「我沒事……是我，不在家的時候，出事了……」她的聲音抖得余家睿都心疼：「我不想太麻煩你，你幫我看一下、告訴我就好。」

「妳現在到底在哪？」余家睿沉聲問道。

3

過時的裝潢、老氣的窗簾床單花色，米芷姍躺在廉價賓館充滿濕氣的枕頭上，五分鐘前，她發現自己絕跡近十年的過敏又犯了。

她的皮夾裡有趙季威的信用卡，如果她願意，現在大可躺在高級飯店的浴缸裡泡澡、喝香檳，再來點堅果下酒。但一來，她無法保證不會因此被告盜用；二來，她不想讓趙季威知道自己去了哪，也不知道這次要躲幾天，只好省點花。

這一天還是來臨了。

儘管稍早她情緒很激動，但現在冷靜下來後，她發現自己心中意外平靜。也許是從她選擇開啟這段關係時，就一直在為分離做好準備；也或許是因為，這次對她動怒的人不是趙季威，回首這些年她跟趙季威吵得最激烈的那幾次，才是真正的驚心動魄。

米芷姍現在只有幾個小疑惑：她還能繼續住在那間小套房嗎？如果不行，她能回去拿東西嗎？她今晚還要去爵士酒吧彈琴嗎？她下個月還會領到薪水嗎？要失聯幾天才算關係結束了？

想完一輪，她才發現這些問題裡沒有一個與趙季威、王品雯有關，她這樣是不是很不要臉呢？然而，就算她額外考慮了那對夫妻的感受，她就能避開這些罵名了？

米芷姍胡思亂想之際，門鈴響了。她上前，才開了門卻完全不寒暄，直接走回床上平躺。

「妳還好嗎？」余家睿走進房間，打量著米芷姍的表情。

「只是剛練完琴，比較累。」她的臉看不出情緒：「你可以，陪我一起躺著嗎？」

他一愣，目光搜尋到梳妝台前的一張椅子，猶豫著是否要動身去取。

「那把椅子不知道有什麼東西沾在上面，建議你別碰。」米芷姍很快讀出他的心思。

他還是將椅子拉到床邊，脫下自己的西裝外套蓋上椅墊，不動聲色地坐下來。

她沒追究余家睿的婉拒，問道：「去看過了嗎？」

「他們還在那裡，有爭執。」

「他們爭執什麼？」

他是聽見了一些關鍵字，男方說離婚、女方揚言提告，兩造態度可見一斑。不過根據台灣的法律，余家睿斷定他們要真正分開還有很長的路得走，何況他們之間還卡著兩個孩子，扶養權責會是最難處理的一塊。

「都是情緒性的字眼，妳不適合聽。」他向米芷姍隱瞞了關鍵資訊。

「趙季威跟她是怎麼說的？」她抱著一絲期待：「撕破臉？還是安撫她？」

「距離很遠，我沒聽那麼清楚。」余家睿輕握拳頭，手心冒著汗，他試圖不讓米芷姍發現自己帶著歉意：「還有什麼我能幫上忙的嗎？」

她搖搖頭，側過一半的身子看著余家睿：「你有看見他太太嗎？她現在變得怎麼樣？」

「是我該認識的人嗎？」他不解。

「唸過海德的應該都認得她吧？她是教務主任的女兒，王品雯。」

余家睿很快想起了那張臉，在米芷姍轉來之前，王品雯一直是崇拜活動的司琴。她就像典型的海德教職員子女，雖然從未昭告天下自己的父母是誰，但祕密總會不脛而走，舉手投足都自帶流量。何況，她國中時就被選作司琴，明眼人都看得出這是靠關係內定。

米芷姍一轉來後，很快就替代王品雯成為新司琴，同時她更受男學生歡迎，直到「那件事」爆發後，王品雯才重新回歸，校園裡於是流傳著一種陰謀論，認為是王品雯為了奪回司琴寶座，才向教官舉報米芷姍的不檢行為。但余家睿很清楚，真正的告密者另有其人。

「所以，她是趙季威的太太？」他一愣。

「很奇妙吧。才唸你們學校半年，我的人生卻一直跟這間學校的人糾纏在一起……」她自嘲：「人活越久，越了解自己。像我就是今天才領悟到，我天生愛搶別人的東西。」

「妳不是。」他說得斬釘截鐵。

「我以前為了搶她的司琴位置，謊稱自己是受洗的基督徒。現在，我又搶了她的老公。」

她冷笑：「今天終於受到報應了。」

「妳不要這樣說自己……」余家睿按捺著不安。

「我只是在陳述事實。」米芷姍轉過頭來看著他：「你做過最壞的事情是什麼？」

他深深吸了口氣，聽見自己胸腔內的狂跳聲：「對教官打小報告。」

「就這樣？」米芷姍似笑非笑。

是個足以摧毀妳前程的小報告，罪大惡極。他發著抖想。

「你知道我在海德做過什麼壞事嗎？」

見她又要再提起那件事，余家睿覺得痛苦：「那件事不是妳的錯……」

「我說的不是那件事。」她的眼神悠遠。

轉進海德的第一天，王品雯注意到她抱在胸前的譜夾，笑著說自己也有個一模一樣的。上高中還在練鋼琴的，通常都是為了考音樂系，米芷姍很高興自己一轉來就找到考音樂系的戰友。直到有一天，王品雯身體不太舒服，把譜夾遞給她，請她去路德堂「代班」，她才知道教會學校還有「司琴」這麼個神聖又有音樂象徵性的存在。那張鋼琴椅像把鐵王座，是關注、是勝利，也是存在，她一坐上去，就不由自主地想將它佔為己有。

事到如今，十五年過去了，她和王品雯依然在爭奪著鐵王座，只是那把鐵王座從司琴換成了趙季威的伴侶。而無論在十五年前，還是十五年後，她永遠不是別人第一順位的選擇。

去美國唸碩士是趙季威的人生規劃，米芷姍沒有反對，但也沒跟去。她自我說服若即若離關係才能長久，實際上是她為自己的英文程度自卑，要是因為語言變成趙季威的累贅，她會羞愧一輩子……趙季威告訴她，等他學成歸國、工作穩定下來就結婚，誰知道她迎接趙季威回來，卻被告知他和王品雯已經在美國生下孩子，連婚都結了。

於是，她又成了被犧牲的那一個。

「趙季威說，是因為我一開始沒跟他去美國，所以我要承受選擇的後果。」她幽幽地說：「我真的很不甘心耶……為什麼別人做選擇的後果都是好的，我選擇的後果都是最差的？他犯錯照樣讀名校、留學、拿綠卡。我呢？我犯的錯有比他更差勁嗎？為什麼現在過的是這種生活？」

「我覺得，」余家睿斟酌著用字：「妳只是欠缺一個更好的選擇，比如說，離開他。」

「後果是什麼？」

「我想，應該比現在好。至少，不用躲躲藏藏、不會官司纏身。」

「是嗎？其實我今天一直在想，為什麼從以前到現在，我想做的每件事情，都不會成功？」

她抬起眼睛，眼底充滿迷惘和依賴：「是不是有人在暗處監視著我，只要我下定決心全力以赴，他就會偷偷跑出來阻撓我、還在暗處嘲笑我？」

余家睿一愣，理智上他應該說點什麼安撫米芷姍，但他卻心虛到無法否決米芷姍的臆測。

「如、如果真的有那個人，那他可能……只是想告訴妳，妳努力的方向是錯的……」他慌亂至極，語無倫次。

「你之前一直勸我離開他，我沒聽你的話。現在東窗事發了，你心裡其實很開心吧？」

在攪亂這一池春水前，他確實有預想過計劃成功的喜悅，然而，當他走進這裡，看見她失魂落魄的模樣，只覺得十五年前的惡夢重演。他一心只想著要急救對她造成的創傷，根本沒有所謂的開心。

「我並沒有這麼想。」他試圖平心靜氣：「無論妳決定怎麼做，我只希望妳盡可能不要受傷。」

「謝謝你。」她疲憊萬分，卻還是伸出手，輕輕包住余家睿的手背，那樣的體溫在空調颯然的小旅館內顯得既暖和又可靠：「在我人生中最糟糕的一天陪在我身邊，沒有對我落井下石。」

「最糟糕的一天……？」他的全身僵硬，雙眼完全不敢直視米芷姍。

「嗯，比在音樂教室被教官抓到更糟糕呢……」

如果今天是她人生中最糟糕的一天，那麼，創造這最糟糕一天、以及創造第二糟糕那天的他，就是世界上最邪惡的人，當之無愧。

「我有一個請求。」米芷姍望著他，對他微笑，臉上流露出慵懶的疲憊：「你可以留在這裡陪我嗎？」

在走進這個房間之前，余家睿並不是沒有預料到會有這種發展，但他並沒有心思處理這件事，他也不認為這是開啟一段關係的良機。

「我覺得，應該要再回去幫妳看一下情況。」他說。

「這只是你的藉口吧！情況還能再糟嗎？」她一語道破。

他沒有說話。

「你不是說不希望我受傷嗎？我今天晚上，真的不想一個人……」

米芷姍的懇求就在耳邊，幾乎要讓他失去理智。

她是他第一個喜歡的女孩，他的女神。

他曾經在無數個深夜裡，在腦中一邊找尋對她的記憶，一邊觸摸自己將感官刺激到極限；甚至，他與某些女人親密時，也會在心裡偷偷把她們的臉代換成她。而現在，這個女人對他釋放出的情慾流動，都是基於她的脆弱、不安、自我否定，只要他拿出一個生理性的藉口，就能立刻擁有全部的她，甚至將那些善意以假亂真當作愛情。

她人生中最糟糕的一日，是他創造出來的，如果他在這一天又泯滅良知占有她，那他一輩子都不會原諒自己。

一想到這，余家睿終於下定決心拒絕：「妳好好休息，我明天再來看妳。」

說完，他匆匆離開了小房間，不給米芷姍挽留他的機會。

4

翌日，余家睿一進辦公室就感受到氣氛肅殺，在行政區裡的總機、祕書、助理律師……每雙眼睛都侷促不安，你看我、我看你，活像一群飽受威嚇的人質，等待勇者上門解救。

能讓所有人如此恐懼的，在這間事務所也只有一人了。

余家睿不以為意，走向自己的辦公室隔間。

他的隔間與行政區相隔僅一條走道，隔板是完全透明的落地玻璃，他在隔間裡的一舉一動，所有人都能看得一清二楚。這麼赤裸的設計意味著，此時此刻，余家睿還沒走進隔間，就已經看見趙季威侵占了他座位的人體工學椅，雙腿粗魯地擺在辦公桌上，他的皮鞋踩皺了桌面上幾張紙，沒記錯的話，應該是昨天下班前他正評估的智財侵權文件。

還真是滿滿的惡意，毫不掩飾啊。

身為滋事者，他當然知道趙季威的反應其來有自，只是沒想到要讓趙季威失控竟如此容易，接下來只要他沉得住氣，那這場對決就十拿九穩了。

余家睿深深吸了口氣，走進自己的辦公室。

一進去，他就發現雖然隔著透明玻璃板，辦公室裡實際的狀況依然比外頭看到的駭人，桌面物品凌亂、地上散落的法律文件沾到鞋印，但落差最大的還是趙季威，他雙眼布滿血絲、看上去徹夜未眠，他比往常更焦慮，充滿挑釁意味把玩著桌面上的私人物品。

「May I help you？」他決定以非母語開場，透過語言轉換把「你他媽的在衝三小」改為「我能為你做些什麼」，有效稀釋了被冒犯的不悅。

「這個發音真好，不愧是海德教出來的……」趙季威輕蔑地讚嘆，隨後冷冷地盯著余家睿：「你在那女人的面前也說英文嗎？那女人會恨你，英文和海德是她人生中的兩大夢魔。你英文說得越好，她就越自卑、越討厭你。」

趙季威並沒有確切說出米芷姍的名字，卻把「那女人」三個字說得咬牙切齒，彷彿她只要出現在他面前，他就會以最殘酷的暴行懲罰她的失聯。

「那不是她的夢魇。」余家睿開門見山：「你有沒有想過一種可能？你才是她的夢魇。」

「她果然去找你了！」趙季威像隻聞到血味的鯊魚，殺氣騰騰地衝向余家睿、狠狠揪起他的衣襟：「那個賤女人在哪裡？」

「注意你的用字。」余家睿輕揚下巴，一臉無懼：「她是我愛的女人！」

「我再問你一次，米芷姍到底在哪裡？」

「她不想讓你知道。」

「她不會！她不敢這麼做的！」趙季威瞪大雙眼，無法接受事實，他的憤怒像股嗆人的濃煙，連他自己都上氣不接下氣：「你打給她，讓我跟她說話！」

「這件事跟工作有關係嗎？」他淡定地反問。

「我叫你打就打！」

「除非工作需要，否則我不能替你聯絡她。」他斬釘截鐵：「如果你聯絡不到學姊，那你就應該清楚，她並不想見你。」

趙季威似笑非笑，從沒想過自己會被一個小他四歲的後輩打臉：「怎麼？你現在是她的監護人了？你不要忘記，幾個禮拜前是我介紹你認識她的！你怎麼跟蹤到她住的地方、搬去她住的地方隔壁接近她，我可沒介意過，現在讓你打個電話就不行了？」

「就算是這樣，她也是一個完整的人，她有自己的思想、自己的人生，她不是你的附屬品。」

「閉嘴，你知道我每個月花多少錢養她嗎？」趙季威提高了音量。

余家睿快速瞥向隔間外，雖然此刻行政區的人看似埋首於工作，但他知道，他們也正用眼角的餘光注視這裡的動靜。

「學長，這裡是工作場所，私領域的事我們先告一段落，請你拿出專業……」

「夠了！少說這些冠冕堂皇的話，你這個奸詐的臭小子，你早就知道我跟姍的關係了，卻故意在我面前裝傻，大搖大擺說你喜歡她、要追求她，你在她面前還裝得很無辜，她知道你是這麼狠毒的人嗎？」

「就算我是這樣的人又如何？」他說：「米芷姍學姊在跟你的關係裡，遭受到不公平的對待，而我只是想幫她一把。」

「好，你說到重點了。」趙季威拿出一張照片：「認得嗎？」

照片內容是米芷姍套房門口的那條走廊，捕捉到米芷姍迎接趙季威時親暱擁吻的一刻。

當然認得，那是他親自印出來的。

「我一直很奇怪，我跟姍要好了這麼多年，這件事從來沒被發現過。但就這麼剛好，在遇到你之後，就有人把這張照片寄給我老婆！」趙季威步步逼近：「你覺得，這張照片上是不是有可能、這麼剛好沾著你的指紋？」

「當然不可能。」

他很確定自己從頭到尾都戴著手套。

「算了。」趙季威覺得無趣，將照片隨手一丟：「你想要米芷姍，那就給你！對我來說，她是我沒有用的投資，只是個眼高手低、無法面對失敗、沒能力對自己人生負責的廢物！」

「學長，米芷姍學姊如果聽到你說這些話，會很傷心的。」余家睿亮出西裝外套裡仍在讀秒的錄音筆，適才的粗暴對話早已照單全收。

「臭小子！」趙季威忍無可忍，他掄起拳頭，朝余家睿的臉狠揍一拳！

隔著透明玻璃，辦公室外所有人都驚呆了。趙季威平時在辦公室，都謹守著上司與下屬間的分寸，即使要斥責部屬也都言之有據，連言語上的冒犯都極度罕見，今天卻在辦公室發這麼大的火！余家睿看見隔間外圍觀同事的異樣眼神，嘴角雖泛著血跡，卻知道自己贏了，他得逞露出笑容。

「別忘記你現在的身分，很多人都在看著你，總經理。」余家睿冷冷點醒他：「一個知名律師，公然在律所辦公室毆打自己的部屬，還明白表示自己背著太太在外包養小三，其他律師會怎麼想？客戶、當事人又會怎麼看呢？」

趙季威是放下了拳頭，卻餘怒未消。他原本以為掌握了余家睿的弱點，就勝券在握，卻沒料到余家睿是地獄的化身，老謀深算、陰狠至極，落得自己滿盤皆輸的局面。

「你真以為你是在拯救她嗎……？」趙季威活像被困住的野獸，無的放矢的怒氣四處噴濺：「我告訴你，你會後悔養她的，就跟我現在一樣！」

「你是該後悔沒錯。」原本不願再說出隻字片語的余家睿停住腳步，回頭：「但你要後悔的，是你當年在音樂教室猥褻她，強迫她配合你的慾望，逼她做不想做的……」

話說到此，余家睿突然意識到自己透露了太多不必要的資訊，他趕忙打住，祈禱趙季威沒有聽出破綻。

「等一下，你為什麼知道這麼多細節……」趙季威先注意到余家睿的異狀，隨後就發現了弦外之音：「你當時就在音樂教室外偷聽？」

直覺告訴余家睿，此地不宜久留，他得用最快的速度離開這裡。

「我想我們不適合繼續一起工作，也沒有談下去的必要了。等你冷靜一點，我們再進行資遣費用談判。」他匆匆收拾幾項私人物品，轉身準備離去。

「是你告的密！就是你！」趙季威的雙眼像發現獵物的野獸，恢復了精神與鬥志：「我懂了，所以那天在酒吧你才會說那些奇怪的話。」

不行。不行。絕對不能認罪。

余家睿屏住氣息，想冷靜自我說服，沒有任何證據能證明他就是那件事的始作俑者，只要他不說。

「你做得真好啊！」趙季威失去理智地仰天狂笑，充滿諷刺的言語不絕於口：「因你當年打的那個小報告，你知道她承受過多少責難嗎？沒有我，她沒辦法活到現在，現在，你卻想把我從她身邊趕跑，還要追求她？哈哈哈哈……你簡直是她生命中的惡魔！」

趙季威的解讀令他渾身發抖，在他以為獲勝的那一刻，發現自己非但手無寸鐵，還不知死活地將對手的仇恨值激到最高點。眼前的趙季威，比過去在海德那個取締他的糾察隊還令人毛骨悚然，這回他被逮住的可不是什麼蹺課遊蕩之類的小奸小惡，而是他長達十五年的懊悔、他內心深處的黑暗深淵、他無法與米芷姍相愛的原罪……他，就是告密者。

「我不是！」

他飛快逃離辦公室，心急如焚，等不及電梯抵達，於是轉向樓梯間七手八腳地往下逃竄，趙季威的嘲笑與批判卻仍如夢魘糾纏著他，他想回頭制止，卻發現趙季威根本沒有追來，譴責他的自始至終都是他的良知。

喜歡，是深深的愛。

愛，是深深的惡。

5

米芷姍趴在廉價賓館的窗口，關閉電源的手機宛如一顆黑磚，靜靜躺在她身邊。這是她跟趙季威有這種關係以來，第一次關機這麼久，她不知道裡面會有幾通未接來電、幾封訊息，但一想到趙季威心急如焚打著電話的樣子，她心裡竟有幾分快意。

賓館的氣味依然不怎麼好聞，她當然想去琴房透透氣，但他不確定趙季威會不會出現在那裡，只好作罷。她瞥見桌上的譜夾，想起自己昨天練完琴就出事了，這是除了隨身物品外她唯一攜帶的東西。她想聊勝於無，便翻閱起琴譜。

為了方便保存琴譜，不使頁面受到汙損，她習慣將練習譜影印下來，一張張單面列印，分別放入透明插頁袋裡。這本譜夾是她搬離台北時父親買給她的，對她來說深具紀念價值。但在那次失敗後，她的人生彷彿停滯了，譜夾也沒有再換新過。譜夾的前半存放的是鋼琴比賽的曲目，後半本則是為了擔任海德司琴所印下的基督教屬靈詩歌伴奏譜，那年的聖誕節後，她直覺想封印那些不堪回首的過去，將那些頁面以膠帶黏起，讓它們見不得光，直到現在……

是時候該斷捨離了。

米芷姍一鼓作氣拆開封印它們的膠帶，動手抽出尾頁的琴譜，譜頁因長年未經翻動，仍保持十五年前的嶄新模樣。她抽出琴譜時，卻意外發現其中一頁，放著一張未拆封的卡片。

米芷姍　收

信封上的字跡說不上好看，只能勉強算是工整，卡片封緘處黏著一張玫瑰圖案的貼紙，她想起了那首民謠〈野玫瑰〉，以前她曾覺得那首歌很優美，但現在，她已經想不起歌詞內容。

話說回來，卡片到底是誰寫的呢？米芷姍帶著滿滿的疑惑拆閱。

親愛的老婆、深深的愛：

唉呀呀，今年原本只打算寫十五張卡片，但算數不好的我，不小心買了十六張……多出

來的一張，自然是要寫給妳的啦～

之前妳問我，為什麼轉職會選騎士？可能是騎士兩個字聽起來，比較像能保護另一半的感覺吧？哈哈哈！

BTW，下次在學校遇到要記得打招呼喔^^

妳永遠的騎士　冰織月影

讀完這幾行字，米芷姍才想起了十五年前的聖誕節，佘家睿親手將卡片交給她時的青澀模樣。那時他皮膚曬得很黑，但她看得見他耳根泛起的紅潮。佘家睿找她說話時，雙眼死盯著地面，腳根像沒打穩的地基，他全身搖搖晃晃，連口中說出來的話都難以辨識，等他終於抬起頭來時，又匆匆轉身離開。

時至今日，她才明白，不是每個人天生都有表達情感的自信。校園就像個小社會，除了成績，年級、外貌、家庭背景、課外表現、異性緣……都是被全世界評頭論足、劃分階級的考核項目。有勇氣告白的，不是位於金字塔頂端的風雲人物，就是外貌特別出采的男神女神，出手前早已有八成把握。其餘的大多數人，多半只能在心儀對象面前，做些惹對方注目的尷尬蠢事，或說些不著邊際的話，在瀟灑中透露一點在意。

當年他的彆扭示愛，她竟視而不見，連這張卡片都遲了十五年才成功讀取，她突然覺得，自己對這名忠心耿耿的小騎士有點殘酷。

這時，房間門鈴響起。

米芷姍知道是余家睿，飛速上前開門，卻發現站在門口的他西裝有紊亂的皺摺、臉帶幾處傷，嘴角還有一抹乾掉的血跡。

「發生什麼事？怎麼受傷了？」她一愣。

「我沒事。」余家睿氣喘吁吁，似乎是急急忙忙趕回來的：「妳今天心情好點了嗎？」

米芷姍壓抑著內心的波動，輕輕點頭。她內心百感交集，目光始終無法從余家睿身上移走，這男人是如此地好，她竟遲了十五年才發現，更不可思議的是，十五年後，他不但重新出現在她面前，還將她自爛泥般的生活中拯救出來。

「只是剛才想起一件海德發生過的事，跟你有關。」她說：「那年聖誕節前幾天，你是不是有到音樂教室來找我？」

一聽到關鍵字，余家睿立刻頭皮發麻。他腦中不斷回想方才與趙季威的對話，驚覺自己一步錯、步步皆錯，他怎麼會天真以為，米芷姍就算把手機關機，趙季威就沒有其他辦法聯絡米芷姍，一舉捅破這陳年舊事的窗紙？

「我可以解釋……」他慌亂開口，隨即發現自己只有認錯的資格：「我當時沒有想太多，我真的沒想到後來……」

「沒想太多？那你現在在想什麼？」她輕聲追問：「跟十五年前一樣嗎？」

「什麼意思……？」

「我剛在譜夾找到了這個。」米芷姍揚起手中的卡片：「我想知道，現在的你，跟十五前寫這張卡片的騎士，是不是同一個？」

余家睿馬上就認出了那張卡片，黑歷史被考古出的羞赧，蓋過他原本要對米芷姍訴說的歉意。他方寸大亂，眼睛不知該往哪擺，只好讓視線自由落體。

「妳……妳怎麼到現在還留著這個……？好中二、字好醜……」

「哪會？」她笑彎了眼睛：「很可愛好不好。」

霎時，他滿臉通紅，不知「可愛」用在這種語境究竟該是正面或負面，他慌亂地提起手上的一袋餐盒：「我幫妳買了午餐，趙季威今天下午要去桃園開庭，妳可以趁今天回家。等妳吃完我就陪妳回去……」

米芷姍接過一看，裡面是炒烏龍麵。稱得上是她喜歡吃的食物，卻不是街邊尋常的食物，余家睿這種選擇，一點也不像是歪打正著。

「你怎麼想到要買這個？」

「以前在學校看過妳吃。」

她恍然大悟。剛轉去海德的時候，她嫌學生餐廳賣的那些羹飯、羹麵，總是黏糊糊的，唯一可以下嚥的就是烏龍炒麵。和余家睿第一次約在學生餐廳，她也毫不猶豫點了那一樣。

這麼久以前的事，他竟然記到現在。

「如果妳現在不喜歡吃了，那我再去買其他的……」

不等余家睿說完，米芷姍已經主動吻上他的唇。

米芷姍的嘴唇比他想像中的柔軟，帶著淡淡的甜味，跟以前他在學校聞到的頭髮香很像，看來那不是洗髮精的味道。她手指冰冰涼涼，他忍不住擔心她是不是在廉價旅館受寒了……儘管他腦子亂糟糟，卻沒有抗拒她的吻，他只是禮貌地以雙唇輕柔回應，手臂、舌頭，都很克制地在它們原本的位置，不敢越雷池一步。

良久，米芷姍離開了他的唇，他緩緩睜開眼，世界一片朦朧，只看得清她嬌羞的臉。余家睿受寵若驚地看著米芷姍，不確定這是不是一場美夢。

「就因為一碗炒烏龍麵？」他愣然問道。

「還有你寫的卡片。」她嫣然一笑：「隔了十五年我才看到，是不是有點太晚了？」

「一點都不晚。」他搖搖頭。

「我當時沒有發現你的心意，讓你很傷心吧？」她溫柔又心疼，動手撥整他的頭髮。

「現在已經開心到忘記那些事了。」他露出笑容。

她跟著笑了起來，笑得彷彿眼前的微小快樂足以戰勝長達十五年的憂傷：「你好可愛。」

「只有可愛這個形容詞？」他不是很滿意。

「那有件事，你得老實回答我……」她慧黠一笑，揚起卡片：「你，還是當初寫這張卡片的你嗎？」

寫這張卡片時，聖誕節還沒有來，他也不曾傷害她一分一毫。如果感動她的是十五年前的那個少年，那他更沒有坦承心意的必要。

「……我變了很多。」

「我只問你，你還喜歡我嗎？」她決定投出一記直球，那問句在他胸口激起酸酸甜甜的漣漪：「你之前說過『沒有老公不想給老婆幸福』，那句話，是喜歡我的意思嗎？」

「很重要嗎？」

「很重要。」她答得堅定：「要我改變現在的生活、離開原本的狀態，唯一的條件，是我希望未來有你在身邊。」

又是一道靈魂的拷問。

余家睿發現自己進退兩難。

「妳不應該把決定權交到我的手上。」他面露為難：「妳必須假設自己就算不靠任何人，也要過得很好。」

「但事實是如果沒有你，我不會想改變現在的生活。」她說：「對我來說，如果你不在我身邊，那改變一點意義也沒有。」

余家睿嘆口氣，他開始考慮放棄掙扎。他為了懲罰自己，將米芷姍的情感拒於千里之外。但現在，米芷姍已強烈表明需要他的陪伴，如果他的最高指導原則是不讓米芷姍受傷，那為什麼他要拒絕一段利她同時也利己的關係呢？

只是，一旦進入親密關係，米芷姍還會喜歡真實的他嗎？余家睿沒有任何把握，在他失去理智前，他有義務把話說清楚。

「我帶妳去看一個東西，好不好？」

6

進入余家睿的房間，米芷姍很意外。她以為這裡會擺滿法律書籍，或是許多看似冰冷高級的工業設計品，沒想到卻堆著主機、電纜、螢幕，活像個理工男的房間，最顯眼的莫過於那排閃爍不止的燈號。

「你的房間跟我想的完全不一樣，該不會還斜槓寫程式吧？」

「妳把我想得太厲害了。」余家睿拿起一旁的筆電，單手撐住筆電的底部、另一隻手俐落地操作幾下，最後將螢幕轉到米芷姍眼前：「還記得這個嗎？」

歡迎光臨，這場征戰已經持續了12小時29分58秒。

目前線上共有135位冒險者。

請輸入使用者名稱：

看見熟悉的文字畫面，米芷姍一愣：「這不是以前的遊戲嗎？原來你還有在玩？」

「不是玩，是營運。」他轉身望向鐵架上的主機和線路：「妳現在看到這個房間裡的主機，裝的就是它的程式碼，我們小時候的回憶。」

「你是說，以前我們小時候玩的那個MUD，就在……？」

余家睿點點頭：「就在這裡，是我把它買下來的。」

「什麼？」米芷姍不敢相信：「你為什麼要這麼做？」

「為了等妳。」他低沉的嗓音穩穩地說道：「妳轉學以後，我一直想找妳。但是沒有妳的聯絡方式，又不知道妳轉去哪間學校，我跟妳唯一的連結，就只剩這個MUD。只能在上面傻傻地等妳，等到今年初大神說要關站，我害怕如果這個MUD完全消失，就真的沒有機會找到妳，才會把它買下來，結果過沒多久，妳就自己出現了。」

米芷姍盯著主機，零碎的記憶漸漸拼湊起來。她想起十五年前，余家睿就對這段建立於遊戲中的關係很在意，他們久別重逢的第一天，他還以「老婆」稱呼她，後來又將所有對她的示好歸因於「老公要讓老婆幸福」……聽久了，她總以為那就是玩笑話，直到這一刻，她才驚覺余家睿是真心對待這段關係。

「沒想到讓你這麼大費周章……」

「只要能遇見妳，就值得。」余家睿微笑：「雖然時間過得有點久，但妳願意再登入一次遊戲，陪在我身邊嗎？」

「當然願意，但是得借用一下你的筆電。」

他們分別以不同的筆電連上遊戲。余家睿熟練地登入冰熾月影，按照慣例巡視著四周，等了幾分鐘，卻遲遲未見配偶上線通知。他轉過頭，身旁的米芷姍面色凝重地盯著螢幕。

「妳怎麼了？」

「我忘記我的帳號是什麼了……」她面帶尷尬。

「SHANSHAN。」他說：「密碼還記得嗎？」

米芷姍沒說話，但當她一輸入自己的使用者名稱，身體的直覺已喚起她的記憶，驅動她的手指鍵入密碼，成功登入。

玩家登入遊戲後，會出現在離線前最後所在的位置。

愛的小屋。

「我們的小屋還在！」她又驚又喜：「有看到我上線了嗎？」

你的另一半也來了，你們還真是有默契呀～

「看到了。」余家睿眼底濕潤，激動到無法言語。

十五年來，他一直在等待著這則配偶上線通知。

剛上台北讀大學的那兩年，他每間學校的音樂系都想辦法找人打聽，別說是米芷姍三個字，就連擁有這個姓的女學生都極為罕見。連碰了好幾次釘子，幾乎要絕望時，意氣用事註冊了兩個山寨版「冰熾月影」和「深深的愛」的分身帳號，將它們結為配偶，就為了看見配偶上線通知，但他很快就後悔了，那些自欺欺人的舉動只讓他感到無盡的空虛。

現在，深深是真的上線了，還在這裡陪伴著他……

啪！一滴淚水掉到鍵盤上。

余家睿強忍著鼻子的酸楚，在即將模糊的視眼中，看見畫面捲動繼續捲動……

深深的愛溫柔地擁抱你。

深深的愛在你的臉頰上輕輕一吻。

他愣愣地看著眼前的文字，覺得此刻的自己幸福到無以附加。原來，耗費他十五年、讓他像傻子痴痴等待、還發瘋似地買下古董主機，不僅能等到一則上線通知，還會發生更多奇蹟……

「你沒事吧？」米芷姍溫柔地撫上他的手背，像是一股暖流。

「謝謝妳，這好像在做夢一樣……」他哽咽地說。

「傻瓜。」她輕撫他的臉，為他十五年來的執著心疼：「謝謝你為我做這麼多，老公。」

「妳剛叫我什麼？」他一愣。

米芷姍低下頭，有點不好意思：「你聽到了，我不要再說一次。好害羞……」

「所以，我現在可以叫妳老婆了……？」

「你說呢？」

她吻上余家睿，身體裡像有一把火在燒，使她灼熱難耐、意亂情迷，她對一個男人的慾望，從來沒有像現在這樣主動而強烈，她闔起余家睿的筆電，將它扔得老遠，卻發現他們之間的阻礙不只這個東西，余家睿身上的西裝、襯衫，甚至處在他們之間的空氣，只要是會阻撓他們融為一體、分出你我的事物，她都只想摧毀殆盡，與眼前的男人一起融化在烈焰之中……

余家睿被吻得暈頭轉向，等他回過神來，全身衣物已被褪去大半，米芷姍雨點般的吻正往他下半身探索，他才驚覺苗頭不對，努力維持住理智：「妳在……做什麼？」

「履行夫妻義務。」米芷姍嫵媚一笑。

「不可以……」他在喘息間掙扎。

「為什麼不可以？」她解開了他的皮帶，眼神迷濛：「你一直在拒絕我，是我不夠好嗎？」

「絕對……不是……」他語無倫次，理智和慾望正在拔河，在她官能性的撫摸下，良知的防守已然鬆懈。

米芷姍是他第一個喜歡的女孩，若說他對她沒有一點非分之想，絕對是騙人的。但他更清楚的是，自己對米芷姍的慾望不只肉體的所求，而是想滲透她心靈的佔據，她的存在會喚醒他的黑暗與複雜，會將他單純的執著轉化為毀滅性的邪惡，他二度摧毀了她平靜的生活，十五年前的聖誕節、十五年後的昨天，哪一次不是血流成河？

滿手鮮血的他，真的有資格完全擁有眼前這個女人嗎？

「你喜歡我嗎？」米芷姍自行褪去衣衫，皮膚如雪般皙白。

「不只喜歡。」面對一絲不掛的她，他只能坦誠：「是深深的愛……」

話才說完，一道濕潤的暖流包覆他的下身，他驚訝他們的身體竟如此契合，感官的歡愉治癒了他十五年來的焦慮，為他的自我譴責做出一個看似完美的辯證。

如果一個故事能有完美結局，誰還會在乎一開始製造困境的壞蛋？說不定他還值得被感謝呢。

如果十五年前，他沒有犯下那個錯誤，他不會像現在一樣珍惜、呵護她。

如果十五年前，他沒有讓米芷姍陷入困境，就沒有機會做她生命中的英雄，這段愛情將永遠不可能發生。

只要他繼續讓米芷姍幸福，不讓趙季威有機會接觸她，這個祕密，她永遠不需要知道。

余家睿閉上雙眼，他緊緊擁住米芷姍，任憑慾望湮滅理智，在狂亂中與米芷姍合而為一。

7

米芷姍的豪宅小套房淨空了。

她隨著余家睿搬到位於另一個行政區的電梯公寓，這一帶的生活環境雖然讓她很陌生，但附近有幾間品質很不錯的琴房。新家格局是兩房一廳，以舒適度來說比她以前的小套房更佳，米芷姍和余家睿雖同住一個屋簷下，仍各自分房睡，擁有適度的隱私。

從決定搬家到完成搬家，僅花了一個週末時間。米芷姍驚訝余家睿挑選的新家設想如此周到，也對他的執行效率嘖嘖稱奇。

「喜歡這裡嗎？」他牽著她的手走進屋裡。

「很喜歡，只是……我好像什麼都沒做，就這麼搬進來，有點不踏實……」她問：「這裡一個月租金要多少？我出一半吧。」

「這妳不用擔心。」他說。

「那怎麼可以？」她有些惆悵：「我不想要這樣，我不想再當你生命中的吸血鬼。」

他忽然靈機一動：「妳記不記得，以前我們在遊戲裡買的那間小屋？」

「嗯？記得呀……」她記得他還在那間小屋裡，修改了不少敘述。

「那間小屋是妳付錢的，當時我覺得很不好意思，說我以後會賺錢還妳。」他輕輕搓揉她的手：「所以，就當是我還妳的吧。」

「遊戲跟現實的錢又不一樣……」她嘟嘴抗議。

「對我來說，遊戲跟現實是一樣的。遊戲裡有我們愛的小屋，現實裡也有一個小屋。」他抬頭看著天花板，堅定地說：「就是這裡。」

他的話讓她起了雞皮疙瘩。

「有沒有人說過你很會撩妹？」她因過度害羞露出怪笑。

「這個嘛，可能有吧……」

「可能？」她湊上去，興致勃勃。

「我如果會撩妹，我一開始就撩到妳了呀，不用這麼辛苦……」他摟緊她，喃喃說道。

「是嗎？那你覺得，我當初為什麼會答應嫁給你？」她歪著頭，擠擠眼。

「不是隨便答應的嗎？」他一愣。

「欸，如果任何人跟我求婚，我都答應，那我早就嫁了好不好？」她說：「是你跟我求婚的樣子很可愛，我想這麼傻的一定本性不壞才答應的。」

「本性……不壞……？」他又是一愣。

「你很善良。」她很認真看著余家睿：「我所有認識的聰明人中，你是最善良的了。你不知道這件事有多棒。」

可是他一點也不善良，他忖著。

他做的壞事，遠比趙季威還要可惡，儘管他是無心的。

但也許只要她永遠不知道那些事，他就可以當真正的好人。

「妳可以答應我一件事嗎？」他慎重地開口。

「嗯？」

「妳換另一組手機號碼，不要再讓趙季威找到妳。」

「為什麼？」米芷姍有些錯愕。

她和父母親早就不相往來，離開校園生活後，除了趙季威，她幾乎沒有過什麼親近的聯絡人，如果單純為了切割趙季威這段感情，她不認為有換號碼的必要。

「這麼做才能避嫌。」他說：「我們不知道趙季威會不會繼續糾纏妳，更不能保證他太太不會對妳採取法律行動，不是嗎？」

「說得也是，還是你想得周到。」米芷姍馬上就對這個極具說服力的說法買單。

余家睿迴避了她熾熱的眼神，對於自己以專業權威恫嚇她感到心虛，他很清楚，這麼做只是為了將他計畫的不確定性降到最低。這是他所做的最後一件壞事，從今以後，他就能做個好人了。

「接下來，妳只要好好過新生活，想想自己想做什麼就好。」

8

晨光透過窗戶灑上米芷姍的臉龐，她醒了過來，雙眼緩緩睜開。

余家睿沉睡的臉映入她眼簾，她恍然，這是她進入新生活的第二天。雖然各自擁有獨立的房間，但在昨夜，他們仍無法抵擋熱情的呼喚，甜蜜纏綿了一夜。

此時此刻，正是她第一次在日光下仔細端詳他的五官。他臉上有幾顆她未曾注意到的小痣，左眉尾有一道不影響美觀的小疤痕，看上去已經有些歷史，她卻對背後的故事深感興趣。

他國中時還戴著厚厚的眼鏡，現在卻連眼鏡都不使用了。什麼時候去動了雷射手術呢？她也注意到，他的膚色不如國中時黝黑，領口幾乎沒什麼曬痕，但過去幾次她感受他的擁抱時，都注意到來自他手臂的強勁肌力，直覺他應該是有運動習慣，然而，她卻難以想像他從事任何一類運動的畫面。

她現在才意識到，自己對他的了解出乎意料地少。

除了他很聰明、很優秀、很善良、很……喜歡她，還有呢？他在什麼樣的家庭環境下長大？除了MUD，平常做哪些休閒娛樂？他最好的朋友是誰？甚至，她連他愛吃的食物都一無所知。

就這樣決定和他生活在一起，會不會有點太衝動了？但轉念一想，當初她和趙季威交往時，連他的人品都不了解，何況現在的她幾乎一無所有，對於一個善良的男人，她有什麼好擔心的呢？

米芷姍悄聲下了床，她到廚房打開冰箱，裡頭塞滿了余家睿昨天在超市採買的食材。以前在小套房，她的冰箱裡只有酒水和冷凍食品，現在她看著滿滿的生鮮蔬果，對未知的新生活充滿期待。

「餓了？」余家睿就站在廚房門口。

「是還好，還在習慣新家……」她對余家睿露出微笑：「早安。」

「早，早餐想吃什麼？」

以前因為在酒吧工作到深夜，她的作息日夜顛倒，過午方醒，早餐這概念離她很遙遠，她一時沒有想法。

「你做什麼我就吃什麼吧，我不挑。」

不到十分鐘，余家睿就做好了兩份美式早餐，烤吐司、煎火腿、炒蛋，他正準備要張羅飲料時，米芷姍已經手沖好兩杯黑咖啡了，那是她在廚房除了按微波爐之外能拿來說嘴的技能。

「糖？奶精？」她問。

「兩匙糖，鮮奶。」他露出牙齒：「妳呢？」

「黑咖啡。」她將鮮奶和糖攪進杯中，遞給余家睿：「除了美式早餐，你還喜歡吃什麼？」

「嗯……」他歪著頭：「麵店的滷味？」

「還有呢？」

「牛排、生魚片、燻鮭魚……各種充滿蛋白質的東西……」說到這，他一時有些頓住，這才察覺米芷姍的異狀：「現在是在進行身家調查？」

「也不是，只是覺得對你的了解很少。都要一起生活了，總該知道多一點。」

「我不挑食，也沒對什麼食物過敏。」他啜了口米芷姍替他沖的咖啡，感到驚為天人：「我對妳的喜好也了解不多啊，只知道那個炒烏龍麵。還愛吃什麼？」

「義大利麵、水餃、鍋貼、小籠包……」

「任何麵食類？」

「除了包子。」說完，她露出燦笑。

「好的，我感受到妳對包子強烈的排斥意念了，我會記住的。」他煞有其事地指指腦袋，接著放下咖啡杯，很慎重地開始自我介紹：「我叫余家睿，今年三十一歲，我有一個爸爸、媽媽，沒有兄弟姊妹，最喜歡的顏色是藍色，支持的球隊是曼聯足球隊……」

「你喜歡足球？」米芷姍瞪大眼。

「我沒說過嗎？」余家睿也很訝異。

「我很確定沒有……」

「那妳慘了！」他忍不住開懷大笑：「我愛足球，高中踢過足球校隊，左腳小腿骨還因為踢球斷掉過。嗯，這可能比我對哪種食物過敏還更重要。」

「哇！」她挑挑眉，這真是始料未及的新資訊。

「妳可得有心理準備，等球季一來，我就會每天六親不認熬夜看轉播！」

「謝謝你提前告知，我會注意的。」她慎重地點點頭。

「那妳呢？」

「我？」

「除了妳愛吃什麼、討厭什麼，還有什麼是我該知道的事呢？」余家睿歪著頭想：「妳跟妳父親感情好嗎？記得妳以前說過想回台北找他，回台北之後呢？」

「那時候我太天真了，才會說那種話。他很久以前就有新的生活了，那個生活裡容不下我。」她說得雲淡風輕：「我會依賴趙季威這麼久，不是沒有理由。我當時沒什麼選擇。」

「妳還想聯絡妳母親嗎？」

她的笑容瞬間收起：「對我來說，不是每個有血緣的，都適合當家人。她傷害我，很深。」

「因為聖誕節的那件事？」他心頭一緊。

米芷姍灌下一大口咖啡，試圖用苦澀的味道掩蓋湧上鼻尖的酸意。

余家睿望著那雙泛紅的雙眼，忍不住脫口：「抱歉。」

「又不是你的錯，抱歉什麼？」

「我不小心說錯了。」余家睿匆匆回過神，慌亂解釋著：「我要說的是很遺憾。在英文裡，遺憾跟抱歉都是Sorry……」

「是嗎？」她抱著咖啡杯走向窗前，眺望著外頭的景色。她不想讓余家睿看見自己呼之欲出的眼淚，特別是在這麼幸福的時刻。

余家睿端詳了她的背影好一會，有一瞬間，他覺得米芷姍的背上隨時有可能長出一對翅膀、飛離這間小屋，他慌張地走上前，從後方擁住了她。

「我真心希望，當年那件事發生的當下，就能夠幫妳做點什麼……」他側著臉依偎在她光滑的肩上，面露心疼：「如果能阻止事情發生，也許，妳這些年不用這麼辛苦。」

「其實，我現在已經不這麼想了。」

「嗯？」

「以前，我確實會把所有的不順利，都怪罪到當年的那件事。不過，這兩天我想了很多，我越來越覺得，那時比賽失敗，是因為我真的沒有那麼好，只是我一直不敢去面對，花了十幾年的時間去怪罪。」米芷姍轉過身來，望著余家睿：「也是因為有你出現，我才開始轉念的。」

「真的……？」余家睿感到不可思議。在自己破壞了米芷姍的生活後，還被她視為改變人生的關鍵。

「真的。」她微笑點頭：「現在，我已經不想再怪罪任何人，只想跟你一起，好好過接下來的日子。」

胸口一陣翻騰，余家睿壓抑著內心的激動，將米芷姍摟入懷中，沒有再發出隻字片語。真的可以就這樣毫無顧忌地走下去了嗎？

「我已經想好，接下來想過什麼生活了。」

「嗯？」

「我想出國學音樂。」她抬起頭看著余家睿：「也許不能像你一樣優秀，但希望我們在一起的時候，關係是平等的。我在趙季威面前抬不起頭十五年，我不希望這件事在我們身上重演。」

「這很棒。」余家睿出神地盤算，一旦出國，趙季威就找不到她，那個祕密也不會有洩漏的空間。

「真的嗎？可是……」米芷姍訝異。

「我對妳有信心。」他溫柔地微笑，對腦中正在盤旋的偏執意念毫不自知：「不過，這件事要越快開始越好。」

就這麼毫無顧忌地走下去吧。只要他們頭也不回，勇往直前，那一切就沒有問題了。

9

余家睿辭掉原本的工作，轉至另一間大型律師事務所任職，去辦離職手續的那天，他並沒有見到趙季威。他不想花時間糾結在猜測趙季威何時會行動，他也相信只要自己做他該做的事，就不會讓趙季威有機可乘。於是，余家睿積極地替米芷姍安排留學英文補習，為申請美國的音樂學院做準備。

有些事在開始執行後，才發現沒有一開始想得困難，這是米芷姍近日的體悟。

一般美國大學部的科系申請都要求SAT分數，但音樂學院僅要求考生具備語言能力，對托福、雅思的分數要求不算太高，甚至有些音樂學院完全不看考試分數，只要求考生面試。這對遠離學習過久的米芷姍來說，再簡單不過了。她只要在專注練琴之餘，把英文能力提升到不算差的水準，剩下的就聽天由命了。

語言和音樂一樣，除了靠天賦，更需熟能生巧。在余家睿的鼓舞之下，半年多密集的訓練讓她的語言程度漸入佳境，截至十月中旬的美國音樂學院在台五校聯招，她的分數已經到達幾間名校的申請門檻。除了參與聯招的學校，其他獨立招生的學院，她也絲毫不放過。

截至十二月，米芷姍收到了兩間音樂學院的錄取offer。不過，當她看見那兩間學校第一年的學費時，反而陷入天人交戰。

「這兩間都是很棒的學校，妳還要猶豫什麼？」

「這兩間學費都要七萬多美金，那就是兩百多萬台幣，還要算上在那邊的生活費。這對我來說根本不可能……偏偏學費最低的柯帝斯（Curtis）拒絕了我。」米芷姍懊惱著：「我是不是該放棄？」

「妳努力了這麼久，怎麼能說放就放？」余家睿說：「離入學時間還早，先申請看看獎學金吧！」

「萬一申請不到呢？我最後還是得忍痛放棄，不如現在就破釜沉舟……」

「如果沒有錢付學費，妳一定就放棄嗎？」

「當然。」

「其實，我已經在想辦法了……」余家睿尷尬一笑：「本來我是打算等都簽約再跟妳說的。」

她一愣：「簽什麼約？」

「有遊戲公司要買我們的遊戲版權。」

「版權？」

「這個ＭＵＤ是很多人的回憶，但是在圖像化遊戲崛起時，它卻一直停滯在文字上。其實他非常有價值。我在美國認識的一個朋友，現在在遊戲公司，他們想開發一款有歷史性的遊戲ＩＰ，它聽到我說起這個ＭＵＤ的淵源，就非常有興趣。今天他們聯絡我，已經決定要以一千萬買下這個版權了。」

「這算是好消息嗎？」

「這筆錢足以支付妳留學四年的學費外加生活費，妳說呢？」

米芷姍凝神盯著余家睿半晌，臉上沒有一絲高興的神采：「這錢是你自己賺來的，我不能用。」

「為什麼？」余家睿一陣錯愕，他百思不得其解：「我們一開始不是說好了，只要是妳想做的事，我都會盡全力幫妳。」

「我知道，你已經幫我夠多了，我覺得該適可而止了！而且，這筆錢真的太大了，我不能對你這樣需索無度……」

「我是為了找妳才買下這遊戲的經營權，妳絕對有這個權力使用這筆錢。」余家睿說得斬釘截鐵。

米芷姍知道自己無論如何也說不過余家睿，但她直覺自己不該欣然接受這些好處。

「可是這樣一來，我們之間就不『平等』了。」米芷姍說。

余家睿一愣，他百思不得其解：「這跟平等沒有關係，妳已經花了這麼多個月的時間努力，現在妳得到了夢寐以求的結果，卻要輕易放棄？那妳這段時間的努力算什麼？」

「家睿。」米芷姍嘆口氣：「這段時間除了這裡房租，補習的花費、生活的吃穿，我都盡可能用自己的存款，因為我不想事事依賴你，但接下來，我該靠自己的力量了。」

他的臉色立刻沉下來：「妳想離開我？」

「我沒有，這兩件事不一樣！」

「哪裡不一樣？妳不想依賴我，就是妳不夠信任我，不是嗎？」

她一言難盡，不知道該怎麼向余家睿說明兩者間的差別。他像天使一樣出現在她的生活中，每一天，他都把她當作公主般疼愛，但這幾個月相處下來，她並沒有感受到幸福，反而加倍恐懼。

離開趙季威時，她以為自己不用再當被關在鳥籠裡的金絲雀，但現在，她卻發現自己只是被豢養在另一個溫室裡的花朵。如果有一天，他們的關係變了，或是余家睿有更喜歡的對象，她是不是又會一無所有？她是不是又會患得患失、自我懷疑？

「家睿，我沒有不信任你。我很感謝你，但你每幫助我一次，我就再一次覺得自己很脆弱、很無能。我擺脫以前的生活，想拿到文憑，就是因為我這輩子不想再靠別人了，如果有一天你不愛我了呢？」

「不會有這一天的！」他斬釘截鐵。

「你沒有任何義務要對我做這些，你自己也很清楚。」

「誰說我沒有義務？」他一時心急，忍不住脫口而出。

「你在說什麼？」

「我是說……」見到米芷姍錯愕的臉，余家睿才驚覺自己失言，張口結舌。

如果現在讓她知道所有的事，一切就前功盡棄了。他必須耐著性子冷靜下來，努力讓事情照著自己的計畫走，也讓米芷姍接受這份補償。

「我是說，妳是我的女朋友，我當然有義務幫妳。」

「兩個人再親密，終究都是獨立的個體。」她輕輕握住余家睿的手，輕柔撫摸著：「就算你跟我在一起，你也有你的路要走，你的人生不該繞著我打轉。」

他緊緊擁抱住米芷姍：「我突然覺得，妳好像明天就會從我身邊消失……」

「胡說什麼？」她笑，不解余家睿的煩躁從何而來：「是你對我太好了，我不想要隨便糟蹋。」

「那妳就該接受我的好意……」他說：「我不會離開妳！還是妳想要我立刻證明給妳看？」

「證明什麼啦？傻瓜。」她鬆口：「不然這樣好嗎？我答應你，每間錄取的學校都會試著申請獎學金，如果都沒有通過，我就先去找兼職，隔年再努力。」

「所以妳還是沒打算接受？」

「可以嗎？這是我的請求。」

他深深吸了口氣，突然覺得很不安，但也只能答應：「可以。不過，妳要答應我另一件事。」

10

高鐵平穩地向南移動著，越往南走，越是陽光普照。米芷姍望著車窗上一幀幀浮掠而過的陌生風景，才想起十五年前她隨母親南下時，高鐵根本還沒蓋呢。

「妳不睡一下嗎？」身旁的余家睿睜開眼，他輕捏米芷姍的手、露出懶洋洋的笑容，似乎對這個乘車方向很安心：「待會下車後還要坐半小時的車才能到海德。」

「我不累。」米芷姍給余家睿一抹微笑，隨後很快將頭轉向車窗。車窗上映的倒影透露出米芷姍的忐忑，余家睿看得一清二楚。

儘管這幾個月來，他們朝夕相處、如膠似漆，但每當他談起在海德的陳年往事，他總是讀出米芷姍笑容裡的牽強，甚至只是提到「聖誕節」三個字，他都草木皆兵。他曾經試著避開這些話題，卻又覺得刻意繞過禁區的自己很卑鄙，這讓余家睿不得不認真思考起一個問題：如果和米芷姍的關係終究存在著這根刺，那他和趙季威又有什麼不同？

所以，即使知道提出「一起回海德過聖誕節」這種要求很過分，即使早就察覺米芷姍的勉強，余家睿還是認為這是一趟勢在必行的儀式。

不少海德的校友即使在畢業後，也會在聖誕節回海德聽聖歌、找昔日恩師，感受只有在母校才有的節慶氣息。對余家睿來說，若不是顧慮米芷姍的感受，他早就想這麼做了。而現在，他更覺得有必要和米芷姍在海德經歷一次美好的節慶體驗，他們必須覆蓋掉那些不愉快的過去，他們之間才不會再有任何疙瘩。

「不要緊張。」余家睿柔聲說道：「雪倫已經去公立高中教書好幾年了，我們待會絕對不會遇到她的。」

「我知道。她的事我早就不在意了。」

米芷姍盡量不在余家睿面前展露出忐忑，而當年帶給米芷姍極大壓力的英文教師，也不是她此趟旅行的焦慮源頭，她的英文程度今非昔比，還獲得美國幾大音樂學院的錄取offer，就算真的跟雪倫正面交鋒，她也有自信以英文和她唇槍舌戰。她真正焦慮的是，隔了這麼久，當年因為「那件事」貼在她身上的標籤，究竟還在不在？

當年擴散流言蜚語的學生，如今雖四散各地，但不代表他們聚首時不會提及陳年舊事。雪倫是走了，但當年的教職員還是有人在職，他們對每一位校友的記憶點，不就是把在校時的所作所為標籤化嗎？她在海德待不到半年，成績不起眼，也從未為校爭光，若有任何人記得她，唯一依憑肯定是那個蕩婦標籤。即使他們不曾目睹當時的畫面，他們也能縱容想像力在腦中奔馳描繪，甚至加油添醋，表面上客客氣氣地說話，眼神卻藏不住內心的猥瑣。

跟趙季威在一起的第一年，趙季威也曾約她一起回海德過節，那時傷害才發生不久，她不假思索地拒絕了，甚至還對趙季威的不識時務生悶氣，後來，趙季威對此便絕口不提。但當余家睿提出一模一樣的請求時，已經事隔十五年，米芷姍發現自己並沒有想像中的排斥。

她早已不是當年那個無助徬徨的高中生了，再說，就算發生讓她不愉快的事情，她的騎士，一定會守護在她身邊的。

米芷姍將頭倒上余家睿的肩頭，輕輕握住他的手：「只是很久沒去了，你要牽好我，不要讓我迷路了。」

「當然。」闔上眼睛前，她聽見余家睿這麼說。

※

聖誕活動對海德大部分的老師來說是假期，但對老陶來說，是比校務會議還要可怕的夢魘。舉凡運動會、園遊會、聖誕活動……無論舉辦的本質是什麼，只要冠上「班際比賽」四個字，就會成為各班導師的KPI，賽季結束後，導師辦公室就會爭相討論，這令他厭煩至極。

「陶老師，聖誕崇拜要開始了，不去嗎？」對面桌的茱蒂是上學期才剛來的英文科老師，年紀不到三十，是唸過海德六年的校友，原本考上了台北的公立高中教職，在少子化的今天已是再理想不過的結果。然而她教不到一個學期，就因為該校無法複製海德的英文教學法，一氣之下就回海德應聘，逢人就誇海德的好，唸過就回不去。對聖誕活動的狂熱投入程度，也是她的人設之一。

大概只有像這種發自內心愛這間學校的教師，才能保有教學熱忱吧？老陶每次看見她都這麼想。

「我晚點再去，週記要批不完了。」老陶調侃：「不用等我啦，這樣妳會錯過最愛的聖誕活動喔。」

「沒有啦，我只是陪品雯去，她說她今天不想見到『不速之客』，躲到大禮堂準沒錯。」

「那快去吧！」

茱蒂口中的「品雯」，是導師辦公室上學期的熱門話題。音樂科的王品雯老師和茱蒂一樣，是小時候唸過六年的「海德寶寶」，同時還是資深教職員的兒女。半年前，向來不重視術科的學校，竟破天荒多出一個音樂科教師的職位，不少老師在當時就看出有鬼。新老師一上任，大夥兒才發現不得了，居然是王主任的女兒！當年王品雯在美國生孩子，王主任還把女兒拿綠卡的事向許多老師炫耀一番呢，看她一聲不響回校任職，所有人未卜先知：這婚姻絕對出事了。

王主任表面的說法是，女兒身體不好，回南部教書，家人順便就近照顧。王主任對此也緘口不言，老陶對八卦實在沒興趣，但茱蒂很快就不顧閨蜜道義，將所有的祕密和盤托出：老公在外面包養小三，正宮品雯開了個天價的贍養費，雙方僵持不下談判破局，婚離不成但相看兩厭，只好回娘家討拍。

等茱蒂快步離去，老陶才後知後覺演繹出下個疑問：剛說的那名「不速之客」是誰呢？難不成，是王主任的負心女婿？

※

位在海德大禮堂的聖誕崇拜，是為期兩天聖誕活動的暖場節目。除了即將應考的高三班級外，全校學生皆得參與。

王品雯坐在二樓石階座位的最角落，聆聽著合唱團演唱的聖歌，女高音部有個女同學的聲音還是太突出了，這令她的心情更是煩躁不已。

忽地，一個人坐到她身旁，她本以為是茱蒂，但隨後她就聞到那西裝上熟悉的味道，等她會意過來，已經來不及了。

「聖誕快樂。」趙季威率先開口。

「你來這裡幹麼？」王品雯語氣冰冷。

「我來送妳聖誕禮物。」他拿出一份牛皮紙袋，遞到王品雯面前：「我更新了離婚協議，妳看一下價錢，這是我最大的讓步了。」

王品雯盯著那份牛皮紙袋半晌，始終沒有伸手去拿：「你還是不懂挑對的時間說話。」

「聖誕活動，學校老師的目光都在學生身上，不會有空注意我們。選這時間總比平常上課日好吧？」

「反正你怎麼樣都有理。」王品雯挑了挑眉毛，搶過牛皮紙袋取出協議書瞄了一眼，上面的數字令她很訝異：「為了那個女人花五百萬，值得嗎？」

「我是為了我自己。」他說：「她已經消失好幾個月了，這跟她沒有任何關係。」

「消失？」王品雯的視線落在舞台側邊的鋼琴伴奏女同學，一如當年的米芷姍，掛著一頭烏黑的長直髮、纖瘦，她心煩意亂：「那又怎樣？每一次她消失，最後還不是都會回到你身邊？」

「這次不一定……」趙季威的眼神停留在斜對面的二樓角落，在這個場合，穿便服的人不是教職員，就是回來聽聖歌的校友，教職員不會三兩成群坐在一起，所以趙季威多留神了一秒，他忽然有股奇異的靈感。

那對穿便服的男女，正聽著聖歌、同時拿手機錄影。由於距離太遠，大禮堂光源不夠，趙季威很難斷定他們是不是他想的那兩個人，但他牢牢記住了那兩個人穿著打扮，穿便服在校園裡總是特別顯眼，一旦遇見，他一定認得出來。

11

合唱團演唱還沒結束，米芷姍和余家睿已經率先離席出了大禮堂。才脫離大禮堂建物的籠罩，余家睿一個箭步上前，牽起米芷姍的手將她五指牢牢扣緊。

米芷姍對上余家睿的雙眼，充滿笑意的眼底漾上一絲甜蜜：「說要提早離開，原來不是為了看校園，是為了偷牽手？」

「是為了牽妳的手看校園。」余家睿說：「這才是今天來的主要目的。」

「我現在知道為什麼，為什麼你們海德的人就算沒受洗，也喜歡回學校過聖誕節了。」她說：「不是你們對宗教有信仰，是聖誕活動裡有你們的青春。」

「嗯……」余家睿輕摟她的肩膀，歪著頭想：「這麼說好像是真的。聖歌比賽、聖誕樹布置比賽，誰管班上會得第幾名啊？重要的是，聖誕節才有藉口送卡片給喜歡的女生，沒有情人節送卡片那麼有目的性。」

「不是有生日可以送嗎？」米芷姍反問。

「妳那時候連話都不太想跟我說，我要怎麼問到妳的生日？」他可憐兮兮地看著她。

「欸，幹麼說得好像我以前很難搞的樣子？」米芷姍又氣又好笑。

「是我以前膽子太小……」余家睿說著，不由得將米芷姍的手抓得更緊：「妳當時那麼受歡迎，我年紀又比妳小，哪敢明白對妳表示什麼？唯一的機會，就剩聖誕節了，只是……」

只是，那件事發生了。

沒有人願意把這句話接完，彼此卻心照不宣。

「欸，音樂教室，是往那個方向走嗎？」米芷姍試著以輕鬆的口吻提問。

「妳要去音樂教室？」余家睿一陣錯愕：「確定嗎？」

那是當年的案發現場。

為了怕觸景傷情，余家睿今天帶她逛校園時，一直小心翼翼地避開那個區域，卻沒想到米芷姍竟主動要求前往。

「嗯，我要去。」她堅定地點頭。

原本踏進校園時，米芷姍也打定主意不去，但當她重返自己當年的教室，撫摸過曾被塞滿惡意詛咒紙條的課桌椅時，她發現自己並沒有想像中的脆弱。也許，那個充滿罪惡的音樂教室，那台曾經映照她裸體倒影的鋼琴，只要她鼓起勇氣去面對，就有放下的可能。

聖誕活動期間，全校師生幾乎都在大禮堂，音樂教室理所當然地空無一人。米芷姍走進了音樂教室，在最後一排的座位入坐。

余家睿在她身旁的空位坐下，反倒忐忑了起來：「妳來這裡，真的沒關係嗎？」

「你有沒有想過……」她的視線落在教室最前方的鋼琴，腦中回放著當年練習的比賽曲旋律：「如果那時候，你來音樂教室送卡片，我們又多聊了幾句話，也許，會有不一樣的結果？」

余家睿嚥了口口水，不確定米芷姍想表達什麼。

「我亂想的啦。也許，是我當場拆開了你的卡片，聊聊遊戲上發生的事情，或者，你堅持要留在音樂教室陪我，會不會……事情就有不一樣的結果了？」米芷姍頭靠在他的肩膀上，想像著另一個風和日麗的平行宇宙：「那樣，我們會過著什麼樣的大學生活呢？」

「我、我不知道，沒想過……」余家睿一陣茫然，罪惡感不斷在內心膨脹，佔據了他所有的思考能力，只能被動接受著米芷姍吐出的一字一句。

「也許，我不見得會去考音樂班，但考大學應該不會落榜吧？」她自嘲：「國立大學可能沒辦法，但叫得出名字的私立大學，應該還有點希望……然後隔年，你就考上台大，我一邊替你開心、一邊又很害怕你身邊一堆聰明的女孩子，就想跟我分手了。」

「我才不會跟妳分手……」他哽咽地擠出這句話：「除非妳先不要我。」

米芷姍聽見他聲音的異樣，轉過頭來，才發現余家睿的眼底蓄滿淚水，他像個驚惶失措的小動物，既愧咎又無辜。

「你怎麼哭了？」

余家睿搖搖頭，胡亂撥掉淚水，眼底噴發的湧泉卻更止不住。儘管視眼模糊，他依然看得清米芷姍的輪廓，聞得到她的髮香。

她口中那麼美好的平行宇宙，為什麼沒有發生呢？而他在這個殘酷宇宙裡，明明如此罪大惡極，為什麼十五年後的今天，他不僅逃過一劫，還能和受害者並肩而坐，與她笑談一個毀在自己手裡的美好可能呢？一定是什麼地方搞錯了吧？

「我沒事。」他將米芷姍擁入懷中，如果下一秒他就會被帶向刑場，也要緊緊抓著她直到睜開眼睛：「謝謝妳，替我完成了我小時候的夢想。」

「什麼夢想啊？」她一臉狐疑。

「就像現在這樣，我跟妳，在這裡……」他緊緊抱著米芷姍，泣不成聲：「我覺得，現在我太幸福了，幸福到好像不是真的……」

「你現在是在演哪齣？」米芷姍被逗得笑了，卻也被余家睿的情緒所感染，她鼻頭泛紅、吸了吸鼻涕：「我也是因為你出現，才幸福的啊！愛哭鬼。」

「那不一樣。」他堅持。

「你每次都這樣說，到底哪裡不一樣？」她又是一陣不解。

突然，音樂教室的門從外面被打開了，他們倆嚇了一跳，雖然早已不受校規拘束，但還是反射性地分開，轉頭望向來人，卻驚見意想不到的不速之客。

「果然是你們。」趙季威站在門口，宏亮的聲音很快就在音樂教室形成劇烈的共鳴：「我剛在大禮堂就看到你們了。回來過聖誕節？真是……典型的海德傳統啊！」

「看到又怎樣？我們的關係適合讓你上前打招呼嗎？」米芷姍率先提起防備，口吻冰冷。

「我本來是沒想打招呼啦，不過看你們一直往這裡走，就覺得實在太有趣了。一定要來這裡跟你們相認，這個音樂教室，太有紀念價值了！」趙季威冷笑著，把視線望向余家睿：「我們最聰明的小學弟，肯定知道我在說什麼……對吧？」

「不要理他，我們走！」米芷姍想帶著余家睿走，卻發現余家睿不動如山：「你怎麼了？」

余家睿沒有說話。

他終於知道，他稍早千方百計在迴避的案發現場，不是為了怕米芷姍觸景傷情，而是他不願面對自己的過錯。

「親愛的。」

「我已經不是你親愛的！」米芷姍強烈反彈：「我們已經結束了。我離開你以後才知道我可以過得很好，我已經申請到美國的音樂學院，明年開學我就會出國唸書，我不需要你，你也不要再來找我！」

「哇嗚！」趙季威走到余家睿的面前，一臉驚喜又不可置信：「你為她做了好多事喔，你果然是個瘋子！」

「趙季威，你到底想怎樣？」

「妳就不想當年把所有的來龍去脈搞清楚嗎？現在是千載難逢的機會，我們三個人，當年的男女主角，還有……」趙季威指著余家睿：「這個告密者。」

「你在說什麼？」

「妳就沒想過，全學校所有人都在搞聖誕活動，為什麼教官會知道我們在音樂教室裡？是不是有人跟教官告了密呢？」

米芷姍一愣，她望著鋼琴，回想起當年整件事發生的先後順序。

她在這裡練琴，余家睿走進來，送了她一張卡片，很害羞地跑走了。她繼續彈奏了十個小節，接著趙季威闖進來，不懷好意鎖上門。前後，根本相隔不到一兩分鐘……

也就是說，余家睿是那時最清楚音樂教室動向的人？

米芷姍的胸口像被大石狠狠槌打，她驚訝地看著一言不發的余家睿，潛意識已經有了最接近事實的推理。她長時間以來，對余家睿所有的疑惑，都像終於找到原形的描圖紙，拼出了全貌，只是她情感上依然抗拒接受。

這不是真的。

不可以是真的。

「家睿，你說點什麼好不好？」她緊緊抓住余家睿的雙肩，一陣猛搖：「你為什麼不反駁他？」

余家睿有一點恍惚，彷彿傾盡了全身的力氣，才對上米芷姍的眼神。

在他們四目相交的瞬間，米芷姍看進了他的靈魂深處，瞬間明白了所有不合理的好運都是其來有自。

所以這是為什麼，他曾瘋狂地在各大音樂系所尋找她、打聽她的下落，甚至傾盡存款買下了那個古老的MUD遊戲。

所以這是為什麼，在酒吧重逢那晚，他對趙季威百般狂妄挑釁，面對她時又流露出乎意料的卑微。

所以這是為什麼，他苦口婆心勸她離開趙季威、為她想方設法改變現狀，不計代價又不肯吐露原由，只說他是她人生中的小天使。

她原以為這是愛情，直到這一刻她才恍然，愛情，根本無法推著一個人為另一個人付出這麼多。

愧疚才做得到。

如果拆穿了這道假象，他們還能相愛嗎？

「我拜託你說話，拜託！」她在絕望中掙扎，努力設下一道誘導式提問，只求得到一個她想聽的答案：「你已經努力這麼久了，我也一直很努力不是嗎？只要你說，告密的人不是你，我們就讓這件事過去，永遠不要再提這件事，好不好？求求你……」

余家睿伸出手，抹掉米芷姍的眼淚。

他試圖消化這句話的言下之意，是她已經猜到了，只是不願面對？還是她知道一旦面對，就得要再放棄這段關係？

余家睿轉頭看向趙季威，他很清楚，現在的自己已經完全擁有米芷姍的信任，只要他心一橫，說出模稜兩可的語言含糊帶過，他和米芷姍的明天就能所向披靡。他可以在這裡浴火重生，而不用一再想像悲劇沒有發生的平行宇宙。

可是……

「姍，我還有一件事沒有告訴妳。」他下定決心。

「不用告訴我。」米芷姍拉起他的手，冷著臉：「我們現在就回台北！我會馬上接受那間音樂學院的 offer，這樣可以了吧？」

「妳和趙季威的事，是我告訴王品雯的。」他喉嚨乾啞，用屏住一口氣的速度將最後的祕密和盤托出。

「什麼？」

米芷姍一陣錯愕，她以為自己已經逃過最凶猛的資訊揭露，卻又被更大的資訊量突襲，讓她猝不及防。

「他把我們的事情曝光，妳才能下定決心離開我。」趙季威睨了余家睿一眼，口氣中充滿挑釁：「我說過，這傢伙比妳想得可怕，他是心狠手辣的壞胚子。一開始，先把妳推到黑暗的谷底，再對妳伸出援手。妳現在還覺得他是妳的救世主嗎？」

「趙季威，求你幫個忙。」米芷姍深深吸了口氣：「出去。」

趙季威悻悻然地離開音樂教室，帶上了門。

偌大的教室裡只剩米芷姍和余家睿，她來到他面前：「他現在不在這裡，你給我從頭到尾，把整件事情說清楚。」

「他剛已經說了整件事。」

大石再度朝米芷姍的胸口搥下，她不確定自己能否再頂住下一次的打擊。

「你……」她氣得不可理喻，眼淚模糊她的視線，以至於她看不清眼前的親密伴侶究竟善良還是邪惡：「你就沒有話要對我說嗎？你不打算解釋一下你為什麼要對我做這些事嗎？」

「因為我，就是個天生的壞蛋。」他抬起頭，眼神裡充斥著放棄治療的木然：「一看見妳和趙季威走在一起，我就渾身不對勁，只想懲罰你們這對狗男女。妳是我的老婆，卻從來不叫我老公，眼裡只有他，妳覺得會不介意嗎？妳也太天真了吧。我聽到你們在音樂教室卿卿我我，決定報復妳，讓妳為自己的選擇後悔一輩子——」

「夠了！」惡毒的言語自余家睿的口中噴出，米芷姍再也無法承受如此重擊，理智徹底斷線：「謝謝你說出真心話，我們到此為止。那些上榜的學校，我一間都不會去唸，因為我不想再拿你任何一分錢，靠你任何一點幫助！」

米芷姍怒氣沖沖離開音樂教室，站在門口的趙季威伸手拉住她，她反射性一閃，沒讓趙季威碰著自己。趙季威想再追上去，她一聲喝斥，制止了趙季威。最後，她頭也不回走遠，終於消失在余家睿音樂教室內的可見範圍內。

「成功了吧……」余家睿雙眼泛著淚水，喃喃自語：「妳的新生活，一定能過得比現在更好吧？」

希望妳的新生活裡，沒有趙季威，就能過得很好。不用羨慕平行宇宙裡的另一個自己，而是專注的成為這個宇宙的自己。最重要的一點，在那個生活裡沒有我……只要有我在，一定會搞砸妳的人生。

因為，我是如此深深地，喜歡著妳呀。

12

國道一號飄著綿綿細雨，逐漸降臨的夜幕讓整體能見度更低。如果是在平常，趙季威絕不可能在這種情況下開高速公路，當天往返海德也不在他的計畫內。然而，此時此刻，余家睿正坐在他的副駕駛座，與他一起返回台北，今天再發生什麼怪事都嚇不倒他了。

「真不敢相信我今年的聖誕夜竟然是跟你一起過！」趙季威抓著方向盤，一方面對眼前的荒謬狀況哭笑不得，另一方面，又覺得自己簡直是佛心來了。

他當時站在音樂教室外，沒聽清楚余家睿和米芷姍最後說了什麼，但以余家睿的聰明才智和他對米芷姍的了解，剛才的衝突場面絕不是余家睿無力扭轉的，會有這樣的結局，肯定是余家睿在最後關頭，不曉得基於什麼原因腦袋打結，放棄為自己的行為做辯護，才足以釀出不可轉圜的結果。

但，真的是這樣嗎？

那個初次見面就能把他激得牙癢癢、兩三天終結掉他的心頭大患、搶走他心愛的女人、還讓他妻離子散賠了一大筆贍養費的余家睿，怎麼可能有腦袋當機的時刻？

趙季威沒空花心力去解這樁懸案，他只想上前落井下石。然而，當他看見余家睿如一灘爛泥杵在案發現場，一股勝之不武的屈辱感油然升起。他不想對後輩太過苛刻，便開口釋出關切，卻發現余家睿雙眼無神，完全喪失求生意志，若這時有一條飢餓的野狗行經此地，說不定他也毫無招架之力。趙季威心一橫，就決定把他拎回車上，載著他一路北返。

但上路不到一小時，趙季威就後悔了。

他媽的一上車就那副死人臉，就算心情不好，搭別人的便車連聲謝謝也不說一聲？現在的小屁孩怎這麼沒禮貌！

「我要聽歌，你沒意見的話我要播我自己的歌單了……」不等余家睿回答，趙季威轉開音響，藍牙自動連接了他的手機。

「我想聽聖歌。」余家睿沒有抬起眼，那聲音看起來不像是從他嘴巴裡發出來的：「你們班以前的比賽曲是什麼？」

原來這小子會說話啊，剛才那片該死的沉默是怎麼回事？

「天啊……」趙季威翻了個白眼：「你對聖誕節的執念到底有多深？」

「是對青春的執念。」他淡淡地說：「米芷姍今天在高鐵上說的。」

聽到那女孩的名字，趙季威沉默了，思緒五味雜陳。

「雖然很不想這麼說，但是，我沒想到她會答應跟你回海德。」趙季威自嘲一笑：「回海德過聖誕、考大學、出國唸書……這些我都勸過她，也努力想改變過她，可是沒一樣成功。說真的，你到底對她做了什麼？」

「我不知道。」

「所以是你天生神力？」趙季威的口吻充滿嘲諷：「你知道嗎，這十幾年來，每一次經歷我跟她之間的不順利，我都覺得是sign，一個阻止我跟姍繼續在一起的sign。」

「但你還是跟她在一起了。」余家睿的聲音有氣無力。

「然後我就被你報復了不是嗎？」趙季威心中燃起一把無名火，忍不住提高了音量：「我不知道你現在說這種話是想表達什麼，但我他媽的最不爽你的一點是，每一次我都是花了一百分，甚至一百二十分的努力，確定自己無計可施，然後徒勞無功。可是你這小子偷偷躲在我背後，每次我努力完、放棄走人，你就跑出來收割，不費吹灰之力坐享其成！你真的非常可惡。」

余家睿抬起眼，平靜地盯著趙季威：「那你又知道躲在暗處是什麼心情了？你是大她兩屆的學長，是學霸，是糾察隊，是全校的風雲人物，你永遠都是聚光燈的焦點，你理所當然以為全世界都要圍著你打轉！你寫過情書嗎？一封情書你打過幾次草稿、重新謄了幾次，才敢交到她手上？你有過每次發出一則訊息，就害怕世界會因此毀滅的恐懼嗎？永遠覺得自己不夠好、配不上那個人，那種不知所措的情緒會把人變成一頭可怕的怪物，這種感覺你體驗過嗎？」

「既然知道自己是怪物，為什麼不繼續躲在暗處就好了？」趙季威大吼，脖子上布滿了青筋：「害怕失敗是你傷害別人的藉口嗎？你知不知道當時因為你告的那個密，米芷姍受到多少欺凌？全校師生都說她下賤，沒人願意跟她說話，她只能向她的家人求助，她家人卻覺得太丟臉，再也不認這個女兒……而你呢？你過了一段玫瑰色的大學生活啊，還去了美國唸書，站在巨人的肩膀上看世界，你他媽是人生勝利組，發生在她身上的一切好像都與你無關！你，太狡猾了！」

「我這不是在彌補她了嗎？」余家睿也不甘示弱大吼：「我也很努力啊，我就差最後一哩路了，是你不讓我完成的！你為什麼要選在今天回學校？為什麼要跟著我們到音樂教室？如果你真的愛她、真的希望她過得好，為什麼還要跳出來阻撓我？」

「你失憶嗎？剛才那什麼情況你都忘記了是不是？如果不是你自己承認，你把她住的地方告訴我老婆，會搞成現在這個樣子嗎？你給我搞清楚狀況，是你自己把機會搞砸的！」

是他自己搞砸的。

這句話確實讓余家睿無法反駁，但就算這句話所陳述的是事實，也不代表余家睿會聽得舒服，一股憤恨不平之氣湧上心頭。

「說中了？」趙季威冷冷一笑：「我最不齒的就是你這種人，做了壞事又只敢躲在暗處，等發現自己脫不了關係，又不敢昧著良心否認到底，你就是個可悲的雜碎，連做壞事都半吊子——」

一記拳頭冷不防襲上趙季威的右臉！

高速行駛的車子也因此劇烈顫抖了一下，險些闖出正在行駛的車道。趙季威連忙握緊方向盤回正，錯愕不已：「你瘋了？要打架能不能挑個正常的時間？」

第二顆拳頭毫不留情奔向趙季威的臉，撞歪了鼻梁上的眼鏡！

「媽的！」

趙季威扭動方向盤，以最快的速度將車停靠至路肩，他怒無可抑地甩門下車，走向副駕駛座，同時間余家睿也下了車，一記右鉤拳襲上趙季威左臉。趙季威氣憤不已，揪起余家睿的衣領將他狠狠摔在地上，趁他反應不及之際，一躍上前將余家睿壓制在地，掄起拳頭左右開弓！

余家睿攔截了正面襲來的拳頭，他始勁咬著牙：「是我先愛上她的……」

「那又怎樣？」趙季威拚命想掙脫，卻發現那蠻力不容小覷：「是她先跟我交往的！」

「她跟你交往之前，就答應嫁給我了……」余家睿不甘示弱，努力與趙季威的力氣抗衡。

「你說什麼？」

錯愕之間，趙季威鬆懈了防備。佘家睿趁空卯盡全身的力氣，反身制伏了趙季威，他殺氣騰騰、滿臉猙獰地喘息著：「她是我的老婆……十五年前，在那個遊戲裡，她就嫁給我了……」

趙季威一頓，腦海中閃過那晚在酒吧佘家睿談起的ＭＵＤ遊戲，那個他聲稱影響了自己一生，邂逅了一個讓他發奮成為人上之人的女孩……

米芷姍，就是他口中的女孩嗎？

十五年前的過去，十五年後的現在，他所作所為，好似惡魔詛咒般地糾纏著米芷姍的人生，都是基於他對這個虛擬的婚配關係所衍生的占有欲嗎？

這條線索一針串起了趙季威所有的認知，天衣無縫、細思極恐。

「瘋子！」躺在地上的趙季威，終於理解一切荒謬遭遇的來由，崩潰仰天大笑：「你這個瘋子……」

第四章

愛的小屋

1

歡迎光臨，這場征戰已經持續了20小時55分08秒。

目前線上共有358位冒險者。

請輸入使用者名稱：

余家睿輸入了自己的帳號密碼，連線進入遊戲。

你的另一半也在線上，還不快去找她！

他一愣，火速鍵入私訊指令。

>tell shanshan 妳在哪裡？

你告訴深深的愛：妳在哪裡？

深深的愛已經發呆了16分鐘，有事還是mail給她吧。

>tell shanshan 接電話！

深深的愛現在不想聽你說話。

余家睿一愣，發現米芷姍啟用了系統的黑名單功能，不但會擋住他所有的來訊，也無法對她進行任何的社交指令。

他胡亂登入另一個小號，嘗試對米芷姍說話。

>tell shanshan 對不起。

你告訴深深的愛：對不起。

>tell shanshan 妳先回家，聽我說好不好？

深深的愛現在不想聽任何人說話。

余家睿心急如焚，籌謀著有什麼不用私訊又能達成對話目的的方法，最後他靈機一動，想起只要待在同一個空間，即使不用私訊也能看見其他玩家所說的話。他抱著姑且一試的心態移動回小屋。

愛的小屋。

深深的愛（Shanshan）正站在這裡。

你說道：對不起，我傷害了妳。我願意接受任何的懲罰，但我希望我們談一談，我不想就這樣結束，先回家好嗎？

訊息發出後，對方依然留在原地，沒有離場也沒有登出遊戲，米芷姍似乎在咀嚼著他的訊息內容，或正在打字回話。

余家睿重新燃起一絲希望，聚精會神地等待著。經過將近一分半鐘，畫面多了兩行字，米芷姍果真回話了。余家睿定睛一瞧，想看螢幕上的訊息，卻發現那是執行某些重要指令時，系統預設發出的制式訊息——

深深的愛說道：我——深深的愛（Shanshan）——不想活了，請各位多保重。

深深的愛自殺了，世界上再也沒有這個人了。

2

男孩看見野玫瑰，荒地上的野玫瑰，
清早盛開真鮮美，急忙跑去近前看，
愈看愈覺歡喜，玫瑰、玫瑰、紅玫瑰，荒地上的玫瑰。
男孩說我要採你，荒地上的野玫瑰，
玫瑰說我要刺你，使你常會想起我，
不敢輕舉妄為，玫瑰、玫瑰、紅玫瑰，荒地上的玫瑰。
男孩終於來折它，荒地上的野玫瑰，

玫瑰刺他也不管，玫瑰叫著也不理，
只好由他折取，玫瑰、玫瑰、紅玫瑰，荒地上的玫瑰。

※

示範彈奏完舒伯特的〈野玫瑰〉，米芷姍按下手機上的停止錄音鍵，確認音檔有確實存入，她提醒家教學生麥若笛練習時需注意的幾個小細節，準備往下一首曲子移動，麥若笛的心思卻還停留在譜上的文字。

「米老師，為什麼男孩會不聽野玫瑰的話啊？」

「什麼？」她一時沒會意過來。

「這上面寫的啊！『玫瑰刺他也不管，玫瑰叫著也不理，只好任由他折取』，男孩不是很喜歡野玫瑰嗎？為什麼野玫瑰叫了，他還不停手呢？」

麥若笛短小的手指一路滑過最後幾句歌詞，那些被串起的文字瞬間有了弦外之音。

這份鋼琴家教工作是米芷姍的大學同學轉介給她的，麥若笛現在還不滿九歲，腦筋好、學得很快，但對音樂的熱情似乎還好，父母也只把鋼琴當做一項才藝，對米芷姍來說壓力不大。

有趣的是，麥若笛最近提的一些問題，都讓米芷姍很難想像這孩子只有國小三年級。可能資訊爆炸，現在的小孩的思辨能力都比她那時代強太多。

米芷姍回溯她讀過的〈野玫瑰〉創作歷史，思考著她應該給麥若笛什麼樣的答案。〈野玫瑰〉原本是詩人歌德的詩作，原文僅描述男孩摘花的行為和過程，然而，文學家都將「把花折斷」意謂著「強行奪走少女的貞操」，無論內文是否真的有此隱喻，都無法改變全文的情感脈絡——男孩為少女的美貌心動，想將其佔為己有，儘管少女再三威脅會傷害男孩，最終被傷害的人只有少女。

這個情緒，為何讓她感到似曾相識？她的思緒飄回那年的聖誕節……她為什麼想起了二十年前的事情呢？是因為正坐在鋼琴前面？還是她正面對一個小男孩？

「也許是因為……」米芷姍凝視著頁面上的歌詞，試著就字面上的意義客觀回答：「因為男孩，太喜歡野玫瑰了。當你太喜歡一個人，喜歡到沒有他會活不下去的時候，你會想要他活著，還是自己活著呢？」

「嘔～好肉麻喔！」麥若笛的臉上溢出彆扭的怪笑，米芷姍猜測他應該有心儀的對象，只是這個年紀他還無法從容面對這種情緒，才做出這種貌似排斥的反應：「米老師，喜歡一個人真的會喜歡到沒有他活不下去嗎？」

「嗯……大部分人不會，但有些人會。不過，折下野玫瑰，野玫瑰就會死掉囉！所以，如果你很喜歡一個人，在對他採取行動之前，還是多想想這樣做會不會傷害到他比較好……」

她不知道自己為什麼要跟麥若笛說這麼多，也不確定他有沒有聽明白，但此時此刻，她還被過去糾纏，如果麥若笛再丟來任何問題，她恐怕是無法再招架了。

這時，麥太太敲門進來，端上點心和水果，這不是尋常慣例。根據米芷姍的經驗，麥太太通常是有話要跟她說才會這樣做。

果不其然，麥太太先打發麥若笛離開琴房：「老師，是這樣啦！上禮拜妳來我們家上課，我們社區B棟有個阿姨看到妳，想介紹她兒子給妳認識。我跟妳說喔，那個阿姨在仁愛路有三間房子，她兒子還是一間遊戲公司的老闆……」

「妳有跟那個阿姨說，我今年三十六歲了，而且大學還沒畢業嗎？」米芷姍不慌不忙地打斷了麥太太。

上大學之前的事，米芷姍沒跟麥太太提到太多細節，但她一開始就誠實告知自己的年齡，麥太太並不覺得有什麼問題，反而認為她比一般音樂系的大學生穩重、負責。不過，自從麥太太上次發現她沒男朋友，就時不時想當一下紅娘。

「妳不是今年就要畢業了？大學畢業到三十六歲，跟三十六歲唸完大學，還不都拿同一張畢業證書？」麥太太很是泰然，不曉得以後她給麥若笛審查對象有沒有這麼開明：「她知道妳學音樂的，立刻說這樣好，又漂亮又乖！」

她乖嗎？米芷姍一臉茫然，不等她反問，麥太太已經把對方的手機號碼轉發給米芷姍，要她去交個朋友，絕對不會後悔。

鋼琴課上完後，米芷姍走出麥家，她輕輕哼唱〈野玫瑰〉的旋律，思考起一個怪問題：究竟，男孩是因為被玫瑰以尖銳的言詞刺激，才憤而折下玫瑰？還是無論玫瑰有沒有抵抗，都不會改變故事的結局呢？

這些問題，身邊已經沒有任何人能回答她了。

四年前，她一度以為，有人能將她從深淵中拯救出來，但四年後的現在，她很清楚，能拯救她的人只有自己。她最終並沒有踏上美國的土地，而是靠著一己之力，通過藝術大學的獨立招生考進音樂系。三十二歲的她，和一群十九歲的年輕人一起入學。起初，提及年齡相關話題她還會面紅耳赤，但時間久了，年齡反倒成了一種人設，不但是她自我吐槽的笑點，還能替她擋掉一些麻煩。

「記得，今天一定要聯絡人家！」麥太太再度發來訊息，耳提面命。

看來，年齡不見得擋得掉所有的麻煩啊。

3

坐在咖啡店裡，米芷姍東張西望，等待著一名素未謀面的男子。她不知道為什麼，麥太太積極要促成這筆「業績」，也覺得自己再拒絕會失禮，便硬著頭皮聯繫了這位劉太太的兒子。她原本打定主意，等對方一來就推說明年就要出國唸書，有什麼發展等到時再說。但又轉念一想，這話要是傳回麥太太耳中，那不就穿幫了？這份家教說不定也會丟了……

米芷姍還在苦惱，劉先生已經來了。他看起來斯斯文文、舉止得宜，不像是需要母親代為物色對象的類型。

「米小姐，有些話我想就開門見山好了。我其實有女朋友，只是她還在國外唸Ph.D，所以我媽對她不是很滿意，一直想幫我介紹對象……但我跟我女朋友約好了，這幾年大家各自衝刺，我們公司有一款新遊戲準備要上線了，好幾年的心血，我壓力大到都在掉頭髮了，哪有時間經營對象？我說得有點白，請妳不要介意。」對方才剛坐定，連自我介紹都還沒開始，就連珠炮似說了一堆。

米芷姍會心一笑，也直接坦白自己的不由衷。她靈機一動，認為他們應該要討論出一個說法，看是要假裝不來電，還是價值觀不合，長輩發現沒戲了，自然就不再糾纏。劉先生喜出望外，浮誇地喊著米芷姍是他的救星，他興奮地遞出自己的名片，很豪爽地承諾，以後有任何他幫得上忙的地方都儘管說。

男子叫劉育呈，名片上的職稱是「創意總監」，跟麥太太口中的「自己創業」有點落差。

「我的領域跟你差很多，應該是沒機會給你添麻煩。」米芷姍打趣：「不過，現在手機遊戲的壽命不是都蠻短的嗎？為什麼會籌備好幾年啊？」

「哦，我們公司不做手遊，是做電腦遊戲。要上線的是一款籌備三年的大製作，是改編自一款古董級的老遊戲，還連畫面都沒有，是文字呈現的，屌吧？」

米芷姍一愣，她回推了一下時間，難道真有這麼巧的事？

「你是說MUD嗎？」

「妳知道MUD？」劉育呈一聲驚呼：「我還以為妳這種學音樂的女生完全不玩電動？」

「其實，這也是我唯一玩過的遊戲。」米芷姍將幾絡頭髮塞到耳後，回憶湧上心頭：「那時候網路還是用撥接的吧？頻寬低、硬體也不強，玩這種文字遊戲還會lag……現在的小孩子應該不知道MUD是什麼了吧？」

「妳真的玩過耶！」劉育呈在米芷姍的回答中，確認了她真的了解這個MUD，話匣子瞬間打開：「我以前高中超瘋這個遊戲的，每個角色都練到滿等，為了練功，我常常半夜偷偷起來打電動。對了，妳有沒有在線上跟其他玩家結過婚？」

提到關鍵問題，她不由得掐緊了大拇指：「……有。」

「哈哈哈，妳跟他見過面嗎？」

「我們當時唸同一間學校，就很自然地見面了。」

「那他真幸運，第一次娶老婆不只娶到真的女生，還是好看的女生。」劉育成似笑非笑：「我當時娶了一個老婆，我跟妳說他超賊的，聊天的時候一直撒嬌，我真的以為他是女的，覺得自己愛上他了，整個大暈船，還搭火車南下去找他……」

「後來見面了嗎？」米芷姍追問。

「沒啊！對方死都不肯跟我見面，最後跟我承認他是男的。」劉育呈苦笑：「我還記得他叫『小嫻』……妳不覺得男玩家還女角根本就是詐騙嗎？」

當時跟余家睿結婚，替她證婚的牧師就叫小嫻，有沒有關聯她不知道，但她卻想起余家睿跟她求婚時的傻樣。為什麼時間無法在那個時候就停下來呢？

「後來你怎麼反應？」

「我氣死啦！直接在他面前把帳號自殺給他看！現在想起來，真的有夠中二的……」劉育呈自嘲。

這樣就中二的話，那她活到三十幾歲才自殺帳號，不就叫老中二？

四年前的聖誕節，得知所有真相的她，與其說是想切斷與佘家睿的連結，不如說她是想與整個十六歲做切割。她恍然明白，自己的人生從那年開始，就不再往前進了。她謊稱自己受洗、不擇手段從王品雯手中搶走了司琴之位，又以為比賽練習之名，與趙季威在音樂教室行幽會之實，她當時只關心自己的利益，傷害他人，最後也自食惡果。

如果整理人生稱得上是門技術，那米芷姍很早就認清自己，她對此苦手，只能採用最土法煉鋼的方式——砍掉重練。

她砍掉十六歲時創建的、那個叫深深的愛的自己，花了四年的時間在大學校園裡重練人生。在她即將畢業，準備奔向未來之際，過去，還是笑瞇瞇地來敲門了。

「我去談這個MUD的改編授權時，也有一段插曲。妳知道大神已經換人做了嗎？」

「知道……」米芷姍感到窒息，她從未想過，會在多年後從另一個陌生人口中，聽到佘家睿的名字。她不確定這是不是踩到了線？

「我談改編的時候，跟新的大神聊了很久。他也是一個很有趣的人。」劉育成一笑：「我當時有個心得，人長大以後拚命努力做的事情，都是在彌補青春期的遺憾。在那個MUD上，有太多青春的故事了……」

是這樣嗎？米芷姍沒再多說什麼，她卻想回那個舊時代世界看一看了。

回到家後，她打開電腦，連上了遊戲。

歡迎光臨，這場征戰已經持續了0小時15分9秒。

目前線上共有458位冒險者。

請輸入使用者名稱：

她的帳號早已在四年前自殺，於是便隨手註冊另一個新帳號，登入久違的異世界回味一下。冒險者之家還在，一堆骨灰級的老玩家也還在掛線，冒險者之家的留言板有幾篇新文章，最轟動的新消息是——MUD終於要走向圖像化了，老玩家們精神為之一振，紛紛浮出水面嘴個兩句，實則心有餘而力不足。當年的少年少女如今大多已成家，若要回味情懷，得左手打電動、右手餵奶，眾人啼笑皆非。

她查詢了余家睿的帳號。

姓名：冰熾月影　　性別：男

職業：騎士　　配偶：深深的愛

等級：35　　目前上線位址：210.83.91.5

冰熾月影正在線上，但她已經跟那個帳號沒有實際的連接關係了，那個深深的愛已不復存在，也走不進去那原本只屬於他們兩人的小屋。米芷姍胡亂思索的當下，突然發現剛才的查詢結果有蹊蹺——配偶：深深的愛？

她不是早就刪除帳號了？怎麼還會存在？

米芷姍一愣，查詢了自己。

姓名：深深的愛　　上次連線：Wed Dec 25 01:35:03 2015

她有新的信。

最後上線時間依然停留在那年的聖誕節，她很確定，那天就是她帳號自殺的夜晚。轉念一想，難道是余家睿動用大神的權限，把帳號救回來了？那封信又是誰寫給她的？

她登出遊戲，重新連接主機，試圖登入自己原本的帳號。

密碼錯誤。

若密碼遺失，請聯繫大神排除障礙。

米芷姍拿起手機，在通訊錄上翻到余家睿的號碼，她深深吸了口氣，最終，她把撥出電話的衝動壓抑下來。

打出這通電話，意味著什麼呢？她想得到什麼呢？就算把帳號解除鎖定，她要每天上線和余家睿打招呼？像以前一樣，把這段關係當成現實？還是，她要再刪除帳號一次，表明自己不想再跟他有聯繫的決心？

霸道男孩與野玫瑰的最好結局，不是男孩傾盡全力獲得玫瑰。雙方素昧平生、相安無事，才是最美的句點。

米芷姍登出遊戲，漆黑的鏡子映出她寂寞的臉龐。

4

米芷姍身穿一襲晚禮服，踩著高跟鞋，踏上了木質地板舞台，聚光燈打在她身上，她看不清楚台下觀眾席的每張臉孔……過去，米芷姍曾經站上幾次像這樣的舞台，但那都是為人伴奏，而今天這場獨奏會，她卻是聚光燈下的主角。

獨奏會是每個音樂系學生畢業前的大事，每個音樂系的學生必須親自經歷租借場地、選擇曲目、海報印刷、活動宣傳、與現場人員溝通……等過程，辦完一場正式的音樂會，才稱得上是個可以獨當一面的表演藝術人員。

從巴哈到阿爾班尼士，再從阿爾班尼士到史克里西賓，最終以蕭邦作結……米芷姍入神忘我地彈奏著，腦中回溯著一路以來的心路歷程。她的人生在十六歲時觸了礁，便裹足不前，直到今天才跨越了障礙。她並不責怪趙季威當年對她的寵溺、豢養，也不埋怨余家睿的揭密，是當時的她沒有接受自己失敗的勇氣，也不相信自己有克服困難的一天，瑟縮在舒適圈裡渴求他人的保護。直到今日，她終於完成當年該做的事，儘管花了比別人更久的時間，但她終於能站起身拍拍灰塵，繼續昂首闊步了。

獨奏會結束後，米芷姍站在出入口，親自歡送每一位前來聆聽的賓客。這是畢業獨奏會，賓客大多數是米芷姍在音樂系的同學，相互捧場是準畢業生之間的默契。幾番寒暄後，同學們一哄而散，她便看見麥太太牽著麥若笛來獻上一朵海芋，麥若苗叨唸獨奏會太帥氣了，他明年生日也想辦一場，麥太太有些苦惱，給了米芷姍一道苦笑。幾名陌生的面孔陸續經過米芷姍面前，他們低著頭，不好意思多做眼神交流，頂多給出一點淡淡的微笑後便匆匆離去。

人都走得差不多了吧？米芷姍正要往場內瞥，一大束包裝精緻的紅玫瑰冷不防湊到她眼前。她受寵若驚接過花束，這才看清楚了獻花人的臉。

「恭喜妳，畢業快樂。」歲月在趙季威身上烙下足跡，他的前額長了不少白頭髮，臉上的線條多了些，剪裁合宜的西裝藏不住微隆的肚腩，只有充滿磁性的嗓音一如往昔。

「謝謝。」她注意到花束裡夾了一張小卡片，信封上的字不太像趙季威的筆跡，但此刻她無暇多想：「好久不見。」

「真的超久……四年啊，妳都要大學畢業了，我也離婚了，四年前誰想得到？」趙季威聳聳肩，發現自己提到了關鍵話題，自顧自地解釋：「品雯原本打算死不放手，後來學校裡有個男老師追她，她想開了，就約我見面把手續給辦了，很戲劇化的轉折吧？」

「哦……」她曾經殷殷期盼從趙季威口中聽到這個消息，她以為那遠比聽趙季威說他愛她來得快樂，但現在，她卻心如止水：「那你現在過得快樂嗎？」

「還可以，換過幾任女朋友，條件都不錯，但是我現在年紀大了，吵個架心都很累，找個既喜歡又能一起過日子的對象，很難。」他將八卦的炮口轉回米芷姍身上：「妳呢？除了唸書，戀愛學分修了沒？」

她有些遲疑，不確定將自己的狀態和盤托出是不是個好主意。

「我要是想來跟妳復合，剛才幹麼還說我交女朋友的事？」趙季威一雙銳眼很快就洞悉米芷姍的顧忌：「妳走之後我就想通了，以前那段日子放在心裡，偶爾拿出來想一想、緬懷青春，才是最好的結果。我們前幾年不就是一直想修正那時候犯下的錯，才錯得更離譜嗎？」

米芷姍的心情輕鬆了不少，她終於被逗笑：「你講得好像我們很老一樣！」

「是老了沒錯啊，我都快四十歲了耶！」趙季威的眼神停留在她臉上：「但妳還是跟以前一樣美，放心。」

「你是怎麼知道我今天開獨奏會的？」

「小姐，資訊時代，要找妳一點都不難好嗎？」趙季威說：「我們大概兩年前就知道妳去唸大學了，只是我們決定不打擾妳。」

「我們？」米芷姍一臉疑惑。

趙季威遞出一張名片，「我跟那個臭小子，去年合夥開了一間事務所，又是一個意想不到的發展吧？」

「你是說……？」米芷姍接過名片一看，律師事務所名稱和LOGO與她原先的認知並不相符，她的視線停留在LOGO下的資訊。

主持律師

趙季威　余家睿

兩個名字雙雄鼎立，看起來旗鼓相當。

「我們聰明的小學弟，真的很優秀。我認識他這麼久以來，有個深刻的體會，你可以不用成為他的朋友，但千萬不能跟他當敵人，不然……就會跟我一樣慘。」他自嘲。

米芷姍沒回答，她的指腹輕輕滑過名片，做過光療的指甲在「睿」字上劃出一道淺印。

「他當時說的另一件事也是對的，沒有我在的時候，妳過得比較好。」趙季威上下打量了米芷姍，有些不情願地說。

她現在，過得真的有比以前好嗎？

也許有吧，但她只剩下她自己了。

「如果二十年前沒有你，我沒辦法走出來。」她輕柔地開口：「你幫我的，已經夠多了。」

「那也是我一開始欠妳的，現在扯平了。」

她不想再繼續就這個話題糾結，只覺得胸口灼熱，來自有個問題盤據在心裡許久，卻遲遲沒有問出口。

那個料事如神的聰明男孩，現在過得怎麼樣了？

這是她此刻最迫切想知道的問題了，然而這時，她的喉嚨卻乾澀無比，是演奏了一個多小時，耗掉太多能量了嗎？

「畢業後有什麼打算？」趙季威見她沒搭腔，又開啟了新的話題。

「教琴囉！這四年我也是這樣活過來的。」

「沒有考慮出國進修？」

「我都三十六歲了，進修完就跟你一樣老了。」她調侃道。

「那小子知道妳放棄出國，當時很難過。」

「不是我應該得到的，就不該強求。我從十六歲起，命運一直想教訓我學會這個道理呢……」米芷姍抬起眼睛，平視趙季威：「就像我們當時的關係。」

「那妳……」趙季威忖了忖，似乎經過幾番掙扎才開了這個口：「現在還會想知道跟那小子有關的消息嗎？」

終於輪到這個話題了，米芷姍的心跳有幾分紊亂。

技術上來說，她這段時間以來，一直得接收跟余家睿有關的消息。近日，因為MUD的視覺化遊戲上線在即，冰熾月影每晚都會在閒聊頻道上以大神的身分和些老玩家聊天，以利宣傳。也傳出有不少老玩家因為新遊戲的話題而回鍋MUD，低系統需求的輕度文字遊戲，是庸庸碌碌上班族工作中的一點消遣……她會看到余家睿聊起當年玩MUD的趣事，然而，某日一名玩家發問「深深的愛是誰？」他並沒有回答對方。

米芷姍不確定那個沉默意味著什麼，她只記得，當時她帶給余家睿的傷害，現在自己回顧起來，依然怵目驚心。

當年她斷然逃離他替她築起的舒適圈，她踐踏了傾盡一切燃燒自我的余家睿。她挾帶著自卑和對自己的怨恨，將所有的遭遇都歸咎他的身上，卻忘了，當年的他，僅僅是個還不懂什麼是愛、什麼是擁有，看見野玫瑰就想據為己有的單純男孩……

現在，那個男孩還會想見她嗎？一旦她承認內心深處的想念，她就準備要承受可能會令她失望的答案。

他現在跟趙季威合夥，應該是成為更厲害的人吧？趙季威很少這麼真心稱讚一個男人的。只要知道這些，她就放心了。

「我看不需要吧。」米芷姍下了結論，她唯一能做到的勇敢，就是將所有失望的可能推拒於門外：「這些年下來，大家各過各的，日子也都還不錯不是嗎？」

「嗯哼。如果妳改變主意，隨時到事務所找我們。」趙季威點點頭，拿起手機：「我有電話，妳忙……」

趙季威拿著手機走到一旁，確認米芷姍的視角看不見他的臉，才接聽一直保持通話的手機：「你在哪裡？」

「我剛出停車場，準備離開表演廳。」

「欸？臭小子，你把我丟包！」

「你自己叫計程車回去就好了，我不想過去。」余家睿踩緊油門：「她都說得那麼清楚了，她不想見我，我何必在她人生中最重要的一天給她掃興？」

「不是吧？你氣量這麼狹小？說好的一起來恭喜她啊！」

「你幫我把花跟卡片送到她手中就好了，還講那麼多話幹麼？」

「媽咧，你人都不來，有什麼資格管我跟她講幾句？我說真的，你真的想見她的話還是來露個臉吧！」

「只有她也想見我的時候，我跟她的見面才有意義。」余家睿說。

「哼，假文青！」趙季威回頭看一下正在跟米芷姍合照的群眾，「以我對她個性的了解，你親自來見她，不見得是壞事。如果你還離不遠的話，就折回來一趟吧！」

坐在駕駛座上的余家睿一頓。

下一個路口可以迴轉吧？通過那幾個紅綠燈，加上停車時間，五分鐘內還能趕得到，但鮮花已經讓趙季威送了，他要是空手去，氣勢肯定輸人。是不是該帶個什麼小禮物去好呢？他想起前面有一家甜點店，直覺地踩下油門付諸行動，卻不知道自己的手早已將方向盤向左打去，等他察覺自己偏離了大腦指派的行駛軌跡時，對向的卡車已經衝了過來，而他閃避不及。

一聲巨響後，余家睿失去了意識。

5

（你已經奄奄一息了。）

你死了。

「幹！！！」

余家睿坐在電腦前猛戳鍵盤上的按鍵，但為時已晚，系統宣判他死亡，整個MUD畫面陷入系統預設的死亡空檔，他每下一次指令，系統只會多跳一行黑色的空白。

余家睿嘆了口氣，接受眼前的現實開口求救：「李致宇，我死掉了！過來幫我復活……」

四周靜悄悄，沒有人回應他。

「咦？人咧？」余家睿定定神，發現李致宇並不在場，整個電腦教室空蕩蕩的，除了他，只有角落一名穿高中部制服的女生在打電腦。

余家睿覺得有些不對勁，但此時此刻，他無暇思考那麼多，既然沒人救他，那他只希望趕快度過這綁手綁腳的死亡空檔，回自己的死亡現場撿屍體。不過話說回來，他剛是被誰打死的？他怎麼一時之間，什麼都想不起來……？

這時，余家睿注意到，厚重映像管螢幕上映出的自己……他穿著海德的國中部制服，原來他還在唸國中部啊？長大怎麼這麼漫長？可是，這些情景，他怎麼又隱約覺得似曾相識？

在一片黑暗深淵中，你聽到有人試圖呼喚你的名字……

螢幕上終於捲出了新字樣，余家睿暫時拋開他內心萌生的怪異感，眼睛一亮，是不是李致宇聽到他的求救了？

有人試圖把你喚醒，你努力動了動手指，但還是閉起眼睛……

有人試圖把你喚醒，你努力動了動手指，但還是閉起眼睛……

「拜託，一定要成功！我不想再重練技能了啊……」余家睿不知道彼端替他努力的人是誰，但看見這些嘗試錯誤的字樣，他忍不住為對方加油。

有人試圖把你喚醒，你感受到一股暖流包圍全身，一道光芒將你包住，直到你看不見任何東西……

你打了個呵欠，甦醒過來。

深深的愛（Shanshan）正站在這裡。

「太好了！呼～～」余家睿如釋重負，對於自己的死因，他已不想探究，只想找到自己的救命恩人。

復活他的，是這個「深深的愛」嗎？這暱稱，怎麼有點眼熟？

深深的愛喃喃唸道：親愛的月神，發揮你的力量，治療冰織月影吧……

一道白光包圍了你，你身上的傷口慢慢癒合了起來。

看起來真的是她？人真好，替他復活完後竟然還願意幫忙補血。

你向深深的愛表達感謝。

深深的愛說道：小事。

深深的愛往東離去。

余家睿目送深深的愛離去的文字敘述，內心突然萌生另一個問題：這塊區域這麼偏僻，她怎麼能這麼快移動到他的死亡現場？忽地，余家睿有了靈感，他小心翼翼將頭探出螢幕上方，往角落正在用電腦的女孩螢幕一眺。黑底白字、文字不斷捲動，那個畫面看起來，除了MUD不會有其他可能。

難道……是她？

余家睿鼓起勇氣，走到女孩身邊。他忐忑不安，卻很想解開內心的疑惑：「不好意思，請問……」

對方轉過頭來，露出一張清秀好看的臉。余家睿覺得女孩有些眼熟，但他想不起來自己在哪裡見過她。學校很小，走著走著總會遇到吧？

「什麼事？」女孩不解地看著他。

「請問妳，是不是……」他吸了口氣，決定豁出去了：「深深的愛？」

「你怎麼知道？」她一愣。

「我是那個……冰熾月影，妳剛才幫我復活，我想請妳一杯飲料當做答謝，不知道妳願不願意？」

女孩看著余家睿，似乎還在思索該不該答應。這時，突然有人打開電腦教室的門，一名穿著高中部制服、左手別著紅色袖套、拿著計分板的男學生快步走向他們。

「Shit，糾察隊來了！」

「糾察隊？」

女孩還沒會意過來之際，糾察隊學長已經抵達他們面前：「現在是午休時間，你們為什麼在電腦教室？」

「對不起，我們現在就走！」

余家睿匆匆回到螢幕前，將帳號登出。他低著頭，快步走出電腦教室之際，發現那個學姊也要離開教室，兩人在門口狹路相逢、凝視一瞬。

「那位女同學，請妳先等一下。」糾察隊的聲音打斷了他們。

「有什麼事嗎？」女孩回過身去，不明白自己還有什麼會被取締的理由。

「方便跟妳做個朋友嗎？」

女孩先是一頓，隨後瞥了余家睿一眼，烏溜溜的眼珠子瞟動了幾下，腦中似乎在斟酌著什麼，隨後，她看著余家睿漾開微笑：「不好意思，不方便哦！」

她剛才，是為了我拒絕那個糾察隊嗎？

余家睿還沒搞清楚發生了什麼事，下一秒，女孩已經伸出手，在他眼前揮了揮：「走吧！」

余家睿回過神來，訥訥地隨女孩奔離電腦教室，下了樓梯。

「去哪裡？」女孩沒頭沒腦拋出這句。

「啊？」

「你不是要請我喝飲料嗎？去哪裡？」

「喔！」余家睿恍然大悟，立刻思考著該如何跟眼前的女孩約見面時間。這時，鐘聲響徹校園，余家睿不知道現在究竟是午休結束、還是上課時間？他不記得自己的課表，但隱約有個直覺，那似乎是在催促他該離開：「不好意思，我好像該回去上課了……」

「不然下次吧！你到高一戊就能找到我了。」女孩對余家睿揮手：「回頭見哦！」

「沒問題，回頭見！」

※

余家睿躺在手術台上，罩著呼吸器的嘴角勾起一抹淡淡的笑容。腦海中拼湊著各種時間序資訊，那些記憶碎片被不分青紅皂白一手囊括，在一條狹窄的思路中極速運轉著。

剛才，是他初戀的起點嗎？

等等，他忘記問那個女孩叫什麼名字，只知道她叫「深深的愛」。

話說回來，為什麼她會取這個暱稱？深深的愛，愛的是誰？又有多深呢？

算了，好像沒有很重要，他有點累了，不想思考那麼複雜的問題。反正下次見面，記得送那女孩一杯飲料，還有她最喜歡的烏龍炒麵，她剛說她的班級是，高一戊……

嗶——

心電圖發出長音。余家睿的身體正式關機了，他的意識陷入一片黑暗，乘載著所有資訊的大腦也逐漸平靜下來。無論他下任何指令、做任何動作，都無法改變眼前的事實。這場景他見過，玩ＭＵＤ死掉的時候也是這樣子的，他不害怕。

現在，余家睿終於回想起那個女孩的名字，她叫米芷姍，是他第一個喜歡的女孩，也是他在那遊戲裡的老婆，深深的愛。那年他才十五歲，還不懂愛是什麼，嘴裡說著喜歡，其實卻早已深深愛上她。

喜歡，是深深的愛。

比愛還深。

6

玫瑰花束被擱置在茶几上有三天了，直到今日，米芷姍才勉強振作起來整理它。她剪開花束底部的包裝紙，將露出的花莖插入水瓶中，這才注意到附著在緞帶上的那張小卡片。

她正要摘下卡片，門鈴卻響了。

「我幫妳買了午餐。」門口站著最近每天都會出現的趙季威：「妳今天還好嗎？」

米芷姍點點頭：「我沒事，你可以不用幫我做這些。」

得知余家睿發生車禍的當下，她人還在畢業獨奏會的現場，她已經忘了自己是如何靈魂出竅地結束和最後幾名賓客的交談，只感覺眼前的時間軸一分為二，所有人都快速前行，只有她停滯在原地，卻不知道能等到誰。
這幾天，她不斷地回溯自己這幾年來所做的每個決定，找出可能改變結局的因果關係。如果一個月前，她鼓起勇氣聯絡余家睿，詢問他帳號被鎖定的事；如果，獨奏會當天，她沒有在趙季威面前逞強自己不想見面，事情會不會有不同的結果……？
但時間不會重來，故事的結局也不會改寫。
「他家人明天就要上台北收拾他公寓裡的東西了，那裡有妳之前沒帶走的私人物品嗎？」
她沒回答，卻想起另一件更重要的事：「ＭＵＤ的主機怎麼辦？他的家人也會帶走嗎？」
「他家人對這些不了解，也無法維繫運作。按照當初遊戲授權的合約，遊戲公司有權接管經營，他們也希望保留下來，等視覺化遊戲上市時繼續引發話題，不過，據說會因應新遊戲的內容將原本的設定做調整。」
「什麼？」她一愣：「那就不是原本的ＭＵＤ了啊！」
「沒辦法，這是遊戲公司的決定。」趙季威攤手：「距離上市還有一段時間，在那之前，遊戲應該都還會維持原狀吧？」
「知道了，謝謝你告訴我。」
「其實，我真的很羨慕他。」趙季威突然迸出了這句話。

「你說什麼?」

「妳知道一段感情的結束,最完美的時間點在哪裡嗎?不是結婚,也不是告白成功,而是未完成。」趙季威說:「當年妳轉學後,他十幾年來都一直想見妳,思念著妳。他的感情,從來沒有被生活磨損過,沒有像我們一樣被成長摧毀,沒有體會一段愛情變質的殘酷。連他要離開這個世界,都是停留在他一心想著要去見妳的瞬間……」

「你到底想表達什麼?」米芷姍的鼻頭微微泛紅,眼底瞬間濕潤。

「我也不知道,每次一跟他比較,就是有點不甘心吧!」趙季威注意到擺在桌上的玫瑰花:「妳終於把它插起來了?」

「是啊,謝謝你的心意。」

「這不是我送的。」

米芷姍一頓,驚訝地看著趙季威。

「是余家睿送的。我當時笑他怎麼送玫瑰這麼老梗?他跟我說,這是因為一首叫〈野玫瑰〉的歌曲。」趙季威搖頭:「妳知道做我們這一行,常常滿腦子都想著贏,就算贏不了,也要想著不能輸。這小子就是這樣,連送束花都準備了好理由來反駁我,卻不敢親自交給妳。」

驚人的資訊讓米芷姍失語一瞬,她想叫趙季威別再說下去,卻開不了口,只能被動地等他結束這一回合。

「我該回律所了，公祭時間確定了再通知妳？」

※

強撐著精神送走趙季威，米芷姍回到屋內，坐在沙發上望著那束玫瑰花好一會，直到她終於蓄滿力氣與勇氣，打開那張小卡片閱讀：

恭喜妳畢業，我不知道現在能怎麼稱呼妳。

我擅作主張，把妳的帳號復活了，

密碼是1999DEC22，如果妳還想上去晃晃，我隨時都在小屋等妳。

她深深吸了口氣，緊緊捏著卡片走到電腦前，連上熟悉的ＩＰ位址——

歡迎光臨，這場征戰已經持續了22小時42分19秒。

目前線上共有３３６位冒險者。

請輸入使用者名稱：

>shanshan

請輸入密碼：

>1999DEC22

妳的另一半也在線上，還不快去找他！

妳有新的信，請去郵局一趟！

成功登入帳號後，系統跳出這兩個通知訊息。米芷姍心頭一緊，他沒有食言，他確實仍在線上等著她。郵局離冒險者之家不遠，她飛速地移動過去，在信件匣裡找到一封未讀信件。

編號	**標題**	**寄信人**	**日期**
[1]	**（無題）**	**冰熾月影**	**2015/12/25**

寄件日期是她離開的那一晚。米芷姍不確定現在的自己能否閱讀這封信，她想起余家睿習慣以MUD專用的連線程式將帳號掛在線上，直到明天，余家睿的家人到公寓收走那些私人物品之前，冰熾月影這個帳號應該都會在線上。

她離開了郵局，快步移動到住宅區，以冰熾月影配偶的身分，她終於能進入專屬於他們兩人的小屋，和她的另一半見面了。

愛的小屋。

冰熾月影（jryu）〈發呆中〉正站在這裡。

妳告訴冰熾月影：我回來了，親愛的。

冰熾月影已經發呆了19分鐘，有事還是mail他吧！

若玩家在二十分鐘內沒有下任何指令，系統將會強迫登出玩家的帳號。米芷姍趁著冰熾月影被系統強迫登出前，下了一個社交指令。

>kiss jryu

妳在冰熾月影的臉頰上輕輕一吻。

冰熾月影沒有任何回應，米芷姍停止敲擊鍵盤，她側著臉趴在桌上，靜靜地等待著螢幕上出現新的訊息。

一陣風吹過，將乾枯的冰熾月影吹成落葉。

冰熾月影離開遊戲。

冰熾月影連線進入這個世界。

冰熾月影坐下來，認真等待著深深的愛上線。

她沒有想到，余家睿除了在連線程式裡設定自動登入帳號密碼，還加入了這項自動指令。

讀到這行訊息時，米芷姍蓄滿淚水的眼角終於潰堤，她不知道要如何止住淚水，只能透過輸入社交指令來舒緩胸臆間的疼痛。

妳溫柔地擁抱冰織月影。

妳牽起冰織月影的手，跳一支輕快的華爾滋。

冰織月影依然沒有任何反應。米芷姍知道再下任何社交指令，都不會出現不同的結果，也不會讓余家睿再度醒來。他就像一尊雕像，帶著極單純的目的活在這個虛擬的世界裡，等待著深深的愛回到她身邊。

二十分鐘後，螢幕上開始出現重複的訊息，但米芷姍仍然捨不得離開。

一陣風吹過，將乾枯的冰織月影吹成落葉。

冰織月影離開遊戲。

冰織月影連線進入這個世界。

冰織月影坐下來，認真等待著深深的愛上線。

未讀的信件

作者　冰織月影（jryu）

標題　（無題）

時間　2015年12月25日上午03:47:30

親愛的老婆、深深的愛：

一整天下來，竟忘了跟妳說最重要的一句話：「聖誕快樂」。

對不起，說好了要當妳的小天使，這個承諾大概無法實現了。

今天趙季威跟我打了一架，他說我是不折不扣的瘋子，我才突然懂了，為什麼我從小到大，常覺得無法了解自己。

十五年前，在這個遊戲上跟妳結婚，我就把妳視為自己的所屬物，卻忘了我們根本不曾相處過，又憑什麼要妳屬於我呢？我連妳的朋友都不是、也不了解妳。

我，甚至不了解愛情，不了解追求它的失敗會毀滅我的良知。

原來，我是個害怕面對失敗的懦夫，對不起，我到今天才突破盲點。

妳曾經說，妳愛上我是因為我的善良，其實，妳愛上的只是亟欲彌補過錯的我。這十五年來，我一直瘋狂找妳，卻沒有想過找到妳可以怎麼樣。在酒吧遇見妳，我沒有直接跟妳認錯，而是彌補，不是因為我真的想改變妳，是因為我想抹滅自己犯下的錯，我想讓那年聖誕節發生的壞事一筆勾銷、讓我重新做人。

但是，世界上哪有這麼便宜的事，讓我既能傷害妳，又能全身而退跟妳享受美好的幸福？今天，美夢醒了。妳終於發現面具下的我，就是這麼自私可悲。也許，這才是我最好的教訓，先讓我幸福到無以復加，再硬生生奪走這一切。

我沒有勇氣求妳原諒，但還是動用管理權限復原妳的帳號，如果切斷這個聯繫，我跟妳之間，就什麼都不是了。如果妳讀完這封信，還是想跟我切斷關係，那就刪除我的帳號吧！我的密碼一樣是1999DEC22，用來提醒我自己不要忘記這一天犯下的錯。

謝謝妳，在我夢醒之前，跟我說了平行時空的我們，那是我得過最棒的聖誕禮物。

如果可以，真想永遠當妳的騎士。

冰織月影

後記

我一直想為青春期寫點什麼，原是想緬懷那段歲月，但實際落筆後，才發現那段日子實在驚心動魄。

我在嘉義一所私立的教會學校度過中學六年，家長們為了讓孩子入學擠破頭，我前兩年就在人際關係問題直接卡關，痛不欲生。那時，我最害怕的校園活動是分組，每次要分組當天我的偏頭痛就會發作，只因不想面臨被落單的窘境。我不知道該怎麼脫離那個狀態，只能珍惜少數願意對我伸出援手的同學，但友誼的小船難免遇到風浪，說翻就翻，更承受不住我對友情的患得患失。

現在想來，當時能挺住這些煎熬，有一部分該歸功於「上網」。那是網路剛流行起來的一九九七年，小小的數據機串起電話線撥接連網，每秒以個位數byte計算的流量，簡直如濾紙滴漏的手沖咖啡，開啟一張圖片得花五分鐘，下載一首mp3檔案則要二十分，當然，什麼影片串流平台更是天方夜譚……我就在那樣貧瘠如施捨的流量下，結交到幾個朋友，現實生活的苦痛終於有了出口。

MUD也是我當時在浩瀚網路海上衝浪時所逗留的一座世外桃源，如武俠小說般的純文字戰鬥敘述，深深吸引著我。MUD裡有許多和我年齡相仿的青少年男女，他們也許毫無情感經驗，卻已和素昧平生的陌生人結為連理，並且用情至深。在虛擬世界冒險完畢，玩家們交換市話號碼（當時沒有手機），越過家長過濾來電的層層屏障，熱線聊天直至深夜。這些情境在二〇二一年的現今，聽起來十分穿越，我居然就在科技的變遷中度過青春期，見證了時代的眼淚。

時隔多年，校園生活已恍如隔世，我很幸運地從挫折中走出來，也略懂了人際相處之道，卻深深記得當時所面臨的絕望，它無邊無際，彷彿要持續一輩子。這些年來，我不斷思索一個問題：「如果當年受挫的孩子就是過不了那一關，他們該怎麼辦？」

身為一個曾經的被霸凌者，在書寫《喜歡是深深的愛》時，我發現比起霸凌問題本身，我更在意青少年男女如何處理自身的挫敗感，以及這些挫折如何影響他們的一生。一旦脫離環境或霸凌者本身，霸凌行為隨即消失。但挫敗感是無所不在的，舉凡人際往來，同儕間的競爭比較，求偶行為的權力關係，甚至一些無傷大雅的休閒娛樂……情緒稍敏感、信心不足者，很容易就因為挫敗感造成嚴重的自我否定。即使歲數漸長，離開校園，相同的問題仍會以不同形式強勢回歸，始終學不會處理的問題，是不是會讓受挫的靈魂永遠停留在那個地方？是不是會被那些挫折改變性格，更甚者，自人生中登出？

《喜歡是深深的愛》的最初構想始於二〇一七年，當時我密集接觸劇本工作，連前一本《我們不能是朋友》都還在難產中。這故事的前身，只是我電視劇提案資料夾中眾多想法之一，原本只想寫個歡樂的網遊甜寵愛情故事，然而才起了個頭卻毫無頭緒，只好擱置一旁。直到《我們不能是朋友》改編電視劇播出後，我重新打開這份故事簡綱，才明白，這故事正等待著與我正面對決。

《喜歡是深深的愛》並不歡樂，也不甜寵，卻毫無疑問是個愛情故事。

我相信愛情，相信純粹的愛帶來的可塑性與力量，它可以充滿正能量，也能將人變得卑鄙自私、極致地一廂情願，如果有任何人阻止自己去愛，就要不顧一切剷除，即使阻止他的人就是其所愛。極致的愛是深具毀滅性破壞力，且對道德瑕疵毫不在乎的。而我為那發自於愛的劣根性深深著迷。

創作過程中，感謝鏡文學編輯團隊的信任，尊重我對故事的各種堅持，也費盡心力想讓故事更好。也感謝我的丈夫，在即將為人父母的今年，願我們都不為孩子未來的困擾憂慮。

其實還有很多話想說，但說教總令我感到彆扭。僅在後記中，以佘家睿的天真口吻說出內心期許：「願山谷裡不再有槍聲，願世間多點溫柔理解。」

鏡小說
048

喜歡是深深的愛

作　　者：阿亞梅
責任編輯：孫中文、黃深
責任企劃：劉凱瑛
整合行銷：何文君
主　　編：劉璞
副總編輯：林毓瑜
總 編 輯：董成瑜
發 行 人：裴偉

封面設計：蕭旭芳
內頁排版：宸遠彩藝

出　　版：鏡文學股份有限公司
114066 台北市內湖區堤頂大道一段 365 號 7 樓
電　　話：02-6633-3500
傳　　真：02-6633-3544
讀者服務信箱：MF.Publication@mirrorfiction.com

總 經 銷：大和書報圖書股份有限公司
248020 新北市新莊區五工五路 2 號
電　　話：02-8990-2588
傳　　真：02-2299-7900

印　　刷：漾格科技股份有限公司
出版日期：2021 年 9 月初版一刷
I S B N ：978-986-5497-78-1
定　　價：360 元

國家圖書館出版品預行編目 (CIP) 資料

喜歡是深深的愛/阿亞梅著. -- 初版. --
臺北市：鏡文學股份有限公司, 2021.09
面；14.8×21 公分 . -- (鏡小說；48)
ISBN 978-986-5497-78-1(平裝)

863.57　　110010822